El cazador de monos

emecé lingua franca

Cristina García

El cazador de monos

Traducción de María Eugenia Ciocchini

emecé editores

Título original: *Monkey Hunting*

© Cristina García, 2003

© por la traducción, María Eugenia Ciocchini, 2003

Primera edición en esta colección: abril de 2003

Emecé Editores, España, 2003

Diagonal, 662-664, 08034 Barcelona (España)

Revisión de la traducción: Cristina Mora

Depósito legal: B. 11.622-2003

ISBN 84-95908-53-0

Composición: Foto Informática, S. A.

Impresión: A & M Gràfic, S. L.

Encuadernación: Encuadernaciones Roma, S. L.

Printed in Spain - Impreso en España

© Editorial Planeta, S. A., 2003

Diagonal, 662-664, 08034 Barcelona (España)

Índice

Árbol genealógico   11

Los orígenes   13

Prólogo   17

Camino del paraíso   21

Humo Que Se Va   33

El norte   49

El Hallazgo Afortunado   63

El reino medio   85

Los monos   95

Viaje a través de la carne   109

Casualidad sutil   113

Las ciruelas   125

El pequeño mundo   133

Las peonías   145

La pequeña guerra   159

Incienso   175

Últimos ritos   189

El huevo y el buey   193

La inmortalidad   201

Para José Garriga.

Árbol genealógico

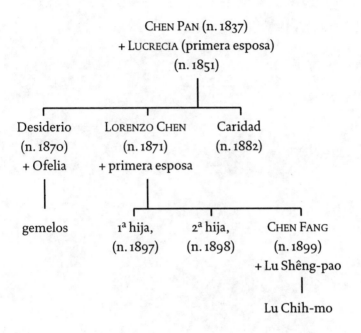

CHEN PAN (n. 1837)
+ LUCRECIA (primera esposa)
(n. 1851)

Desiderio   LORENZO CHEN   Caridad
(n. 1870)   (n. 1871)   (n. 1882)
+ Ofelia   + primera esposa

gemelos   1ª hija,   2ª hija,   CHEN FANG
          (n. 1897)   (n. 1898)   (n. 1899)
                                + Lu Shêng-pao

                               Lu Chih-mo

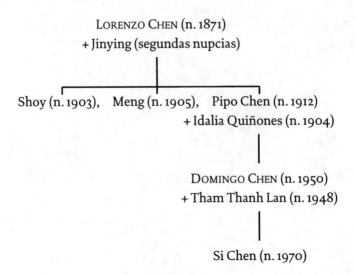

LORENZO CHEN (n. 1871)
+ Jinying (segundas nupcias)

Shoy (n. 1903),   Meng (n. 1905),   Pipo Chen (n. 1912)
                             + Idalia Quiñones (n. 1904)

                             DOMINGO CHEN (n. 1950)
                             + Tham Thanh Lan (n. 1948)

                             Si Chen (n. 1970)

Los orígenes

Yo, mono viejo, con estos ojos penetrantes
de pupilas de diamante,
veo el bien y el mal.

WU CH'ÊNG-ÊN
Viaje a Occidente

Prólogo

Amoy, China
(1857)

Abundaban las tentaciones en Amoy. En el circo, Chen Pan veía a la trapecista saltar como un rayo carmesí de un extremo a otro de la carpa bamboleante. Seguía con los ojos sus vuelos descendentes, sus cejas arqueadas como ramas de sauce, sus delicados pasos por la cuerda floja de frágil aspecto. Llevaba mallas de lentejuelas y botas de cuero hasta la rodilla. Tenía las piernas rectas como el bambú. Cisne de Fuego era hermosa, serena y desdeñosa, más alta que todas las mujeres que Chen Pan había visto hasta entonces.

Sólo hacía una semana que había dejado su aldea, junto al río J***, para buscar trabajo en la ciudad. Las lluvias de invierno habían inundado sus trigales, pudriendo los tallos asfixiados ya por la cizaña. Los bandidos merodeaban por los campos, incendiando, robando caballos. Qué lejano le parecía ahora todo aquello.

Fuera de la carpa, los montes de Amoy bajaban escalonadamente hasta la orilla del mar. Había marineros extranjeros patrullando por el puerto, en sus uniformes adornados con borlas. Hombres desaliñados que cargaban los barcos británicos, transportando cajones y fardos de lona. Cerca de los muelles había una taberna pintada con escenas primaverales donde servían vino caliente en jarras de jade. El tabernero atrajo a Chen Pan a una sala que había al fondo, llena de cojines de seda. La noche anterior había tenido suerte jugando a los dados con el patrón de una barcaza. Aún tenía las ganancias en el bolsillo.

Un músico tocaba un anticuado ch'in mientras cantaba el lamento de una amante olvidada. Las bailarinas de falda escarlata le hacían señas como un mar de peonías. En su mesa aparecieron platos de guisantes con anís y vino suficiente para regarlos generosamente. El tabernero ofreció a Chen Pan una pipa de opio tallada. Dio una chupada, luego otra. El humo caliente y perfumado no tardó en impulsarlo a buscar a los inmortales entre las nubes. En la delicada niebla de las horas que siguieron, el oro ganado en el juego se desvaneció lentamente en los brazos de una exuberante bailarina.

La tarde siguiente, un hombre de hombros caídos y bigotes colgantes invitó a Chen Pan a tomar el té. ¿Qué podía perder ya? El té estaba muy caliente y azucarado. Había dulces y pastas de crema de judías. El hombre llevaba un traje occidental y un anillo con fragmentos de diamante en el dedo meñique. Su edad era imposible de calcular. Chen Pan quería creer todo lo que decía. Que el agua potable de Cuba era tan rica en minerales que los hombres tenían el doble de fuerza (y podían mantener una erección durante días). Que las cubanas eran calientes y jamonas, mucho más atractivas que las concubinas del Emperador. Que incluso los peces de los ríos se tiraban de cabeza a las sartenes. De súbito, el mundo fue más grande e insondable de lo que Chen Pan había imaginado.

—¡Límpiate la boca de mierda campesina! —apremió el hombre del traje occidental—. ¡Tienes que moverte mientras eres joven! ¿Qué? ¿Estás esperando a que lluevan melocotones del cielo? —Descontó ocho monedas mexicanas como depósito y prometió cuatro pesos más al mes durante ocho años—. Y recuerda —añadió con una rápida ondulación de hombros— que un año extranjero pasa dos veces más aprisa que un año chino.

Pero ¿y si era al revés?, pensó Chen Pan con temor. Su padre le había dicho una vez que una milla china era sólo la *tercera parte de una milla inglesa. Si pasaba lo mismo con el tiempo, estaría fuera veinticuatro años.*

Chen Pan trató de imaginarse Cuba; una isla, le había explicado el hombre del traje occidental, muchísimo más grande que Amoy. Si todo iba bien, pensó Chen Pan, volvería rico, y más fuerte, si la historia del agua potable no era mentira. Entonces construiría una espléndida casa al lado del río, muy grande y sobre pilotes, mejor que todas las de su aldea. Compraría otras dos o tres esposas, guapas y fecundas como conejas, y fundaría una dinastía propia. Al final de su vida habría cuatro generaciones Chen bajo un solo techo.

Y además tendría suficientes anécdotas que contar para llenar muchas noches con sus aventuras. ¡Si al menos su pobre padre viviera para oírlas!

Era invierno y hacía muchísimo frío. El sol había abandonado su misión a media tarde. En Cuba, según le habían dicho, el aire era tan agradable como un baño estival durante todo el año.

No más nieve ni inviernos crudos. A Chen Pan no le costó decidirse. Esta vez creía que todo estaba a su favor. Firmó el contrato, desplegado con un gesto elegante encima de la pequeña mesa. A continuación, Chen Pan cogió la primera moneda, que aún conservaba el calor de las manos del hombre del traje occidental. Se iba más allá de los confines del mundo, a Cuba.

Camino del paraíso

De Amoy a La Habana
(1857)

Había otros hombres como Chen Pan en el barco, no muy jóvenes pero tampoco muy viejos. Por lo que sabía, casi todos procedentes de granjas. Ninguno canijo. Cuba, le había dicho el hombre del traje occidental, necesitaba trabajadores fuertes. Chen Pan era más alto que la mayoría de los contratados y se le notaban los músculos de los brazos. Llevaba el pelo atado detrás, formando una gruesa coleta, pero tenía veinte años y apenas necesitaba afeitarse.

Algunas familias habían ido a despedir a sus hombres. Las mujeres daban a los maridos pegajosas croquetas de arroz y paquetes con semillas para el viaje. No hubo llantos. Hasta los niños más pequeños tenían los ojos secos. Casi todos, a semejanza de Chen Pan, subieron a bordo solos y con las manos vacías.

Conforme caía la tarde, la costa de China se desvanecía tras ellos. La luna, con un halo muy visible, apareció con una ráfaga de viento, pero aquel augurio esperanzador no alteró la realidad del barco. Estaba equipado como una prisión, con grilletes y rejas. Los contratados iban en la bodega, como animales en el redil. Ni siquiera el más bajo podía estar de pie. A Chen no tardó en dolerle el cuello de estar encorvado.

Ni el capitán británico ni su tripulación hablaban mucho chino. El capitán daba las órdenes con expresión neutra y moviendo sus manos de doncella. La tripulación era mucho más revoltosa. Amenazaban a los contratados con mosquetes, alfanjes y bastones de rota, y les ponían los grillos a quienes se resistían a los bastonazos. A Chen Pan lo golpearon con una maroma por pedir otra manta.

Los que habían llevado comida o tabaco se pusieron a cambiar y a vender. Estos muslos de pollo cocidos por tus sandalias de cáñamo o por la flauta de tu tío. Un puñado de pipas de calabaza por tu reserva de nabos o de huevos duros. El opio de un día por los guantes de lana. El juego brotó como la hierba en todas las literas. El incesante tintineo de los dados dividía las horas con precisión. Un hombre de W*** se quedó con casi todas las ganancias y se pavoneaba diciendo:

—¡Si fuisteis necios en vuestra vida anterior, no esperéis ser listos ahora!

Después de los infortunios de Amoy, Chen Pan se negaba a jugar. Se guardó las monedas mexicanas, metiéndoselas entre las magras mejillas de las nalgas para mayor seguridad.

Los hombres comían cecina de vaca y gachas de arroz. Chen Pan comía, aunque el sabor de la comida le daba náuseas. Estaba demasiado salada y la falta de agua en condiciones le daba una sed desesperante. Pensaba más en la lija de su garganta que en la vida que le esperaba en Cuba, y así hora tras hora. A los que pedían más agua les daban golpes. Chen Pan vio a algunos beberse su propia orina, lamer la humedad de las paredes del barco. Unos cuantos bebieron agua de mar, hasta que el estómago se les hinchó, y se atragantaban con su propia inmundicia.

Un melonero de T***, bajo y gordo, anunció que se arrojaría al océano para terminar con aquel tormento. Chen Pan se arrastró por cubierta con otros dos para verlo saltar. El melonero no gritó ni se entretuvo, sino que se adentró en la brisa sin más. Un instante después, las rizadas olas lo acogieron con indiferencia. El melonero era huérfano y soltero. Ningún destino quedaba afectado, sólo el suyo.

El barco siguió surcando las aguas hacia el sur entre fuertes ráfagas de viento. Chen Pan se cubrió las orejas para que no salieran volando. Se hizo cuatro preguntas: ¿Qué era lo último que había oído el melonero? ¿Qué color vio por última vez? ¿Cuánto tiempo tardaron los peces en devorarlo? ¿Coronaba su suerte muriendo de aquel modo?

—Enséñame la persona que no muere —dijo con indiferencia un paticorto que estaba junto a él.

Era un comentario que solía hacer el padre de Chen Pan, que sólo la muerte es imparcial. Todos los hombres descollantes, todas las bellezas con plumas de martín pescador en el cabello... nadie contaba con envejecer. Pero también ellos volverían al polvo. Si era cierto que el hombre tenía dos almas, una del cuerpo y otra etérea, se fundirían con la tierra y el aire después de la muerte.

Chen Pan sabía que no quería desaparecer lentamente, como una vela que se apaga, todos sus días iguales; tenía la suciedad grabada a fuego en las manos, lo mismo que su porvenir; todas las palabras databan de hacía mucho. No; prefería vivir con una aureola de valentía y fuego, como Li Kuang, el feroz guerrero que había luchado contra los hunos, o como los héroes de las leyendas que le había contado su padre.

El padre de Chen Pan había sido tan inquieto como estos héroes y nunca se había conformado con la vida en la granja. Recitaba las *Canciones* de Wu mientras cavaba absorto en los trigales y se aficionó a la poesía de las concubinas abandonadas de la corte de Han. Se refería al sol llamándolo Dragón Linterna, Cuervo en Vuelo, Potro Blanco. La luna era Plato de Argento y Anillo Dorado.

Padre se había presentado a los exámenes imperiales durante veinte años, sin éxito. Había sido un buen poeta, pero no sabía componer poesías sobre temas preestablecidos, como querían los examinadores. Culpaba a su absorción de conocimientos inútiles de sobrecargar su imaginación. Antes de empuñar el pincel para escribir, frotaba la punta con una piedra de afilar durante una hora de meditación, mientras Chen Pan lo miraba.

La madre de Chen Pan se burlaba de su marido mientras iba cojeando de habitación en habitación con sus pies de loto.

—¡Ja! Todo el mundo lo llama sabio, pero todavía no se ha labrado una posición. Y en invierno lleva una bata raída. ¡Así nos engañan los libros! —La madre de Chen Pan venía de una familia de agricultores acomodados, y estaba lejos de ser bella. Sabía poco de poesía, pero solía repetir el mismo verso para pinchar a su imprevisor marido: *¡Casi todos los poetas se mueren de hambre abrazando montañas vacías!*

Después de diez días de hacinamiento y malos olores, estalló una pelea en la bodega. Un hombre de ciudad llamado Yang Yün, tozudo como una mula, echó de su litera a un tranquilo agricultor.

—¡Hijo de puta! —exclamó el agricultor, golpeando a Yang Yün en el pecho. El ciudadano sacó un cuchillo de la túnica y rebanó el aire con un golpe temerario. El agricultor lo desarmó al momento y a continuación le rompió la nariz.

Chen Pan observó la pelea escondido tras su desgastado libro de poemas, el último regalo de su padre. Se dijo que si Yang Yün o cualquier otro gallito de ciudad le tocaba aunque fuese el codo, lo dejaría inconsciente de un puñetazo.

Los guardias del capitán encadenaron a los alborotadores a unos postes de hierro. Otros que habían jaleado a los contrincantes fueron azotados para intimidar al resto. Como el testarudo Lin Chin se resistiera, los guardias le dieron puntapiés en las costillas hasta que escupió sangre. Al día siguiente murió y arrojaron el cadáver al mar. Se dijo que Lin Chin no se hundió inmediatamente, sino que flotó junto al barco durante horas, con los ojos fijos en el cielo. Chen

Pan se preguntó si el fantasma del muerto sabría volver a China. ¿O erraría eternamente entre los réprobos y los depravados?

Mientras el barco proseguía su ruta, Chen Pan imaginaba a su mujer moliendo en el corral la escasa producción de grano de la temporada, mirando con cautela el cielo en espera de lluvia. Aunque llevaban tres años casados, no tenían hijos. Desgraciadamente, a pesar de lo que había predicho el casamentero. La noche de bodas, Chen Pan y su mujer habían bebido granadina y ella le había acariciado el pecho con sus senos suaves y escasos. Pero todos los meses expulsaba la sangre de la matriz.

La madre de Chen Pan la acusaba de haber destruido la familia con su persistente esterilidad. Débil y con la piel cetrina, madre dirigía la granja desde la cama, con las rodillas flexionadas contra el pecho, los pies de loto doblados e inutilizados por las dolorosas vendas que había llevado durante tantos años. En su armario había tres minúsculos pares de zapatillas enjoyadas, todo lo que quedaba de una dote antaño rica en sedas y brocados.

También torturaba al hermano pequeño de Chen Pan por perder el tiempo escribiendo con el único pincel y tintero que tenía.

—¡Incluso desde la tumba te ha contagiado tu padre la maldición de su inutilidad!

La casa estaba tan fría en invierno que la escasa provisión de tinta se helaba.

Los contratados empezaron a padecer toda clase de enfermedades: cólera, tifus, disentería. La mala suerte, se dijo Chen Pan, se había instalado en todas las grietas del barco. El primer mes murieron nueve hombres, sin contar a los que sucumbieron en las reyertas o bajo los bastones de la tripulación. Y habrían perecido muchos más si no hubiera sido por Chien Shih-kuang, mago de hierbas y raíces. Con su bolsa de magia, aquel encorvado herbolario de Z*** preparaba infusiones para arreglar toda clase de desequilibrios, calmar hígados fogosos, calentar órganos fríos, restaurar el veleidoso *ch'i*.

Por sus servicios a bordo, el capitán había prometido pagar a Chien Shih-kuang un pasaje de vuelta a Amoy. El herbolario había accedido, porque había oído decir que en Cuba conocían el secreto de detener el retroceso invernal del sol. También él deseaba conocer aquel secreto.

Una noche, Chen Pan soñó que los bandidos habían incendiado la granja de su tía abuela y que él era el único que trataba de sofocar las llamas. Despertó delirando, con la piel caliente y escocida. Chien Shih-kuang pegó una hoja de cinco puntas en la frente de Chen Pan con unas gotas de un líquido cáustico. Cuando le bajó la fiebre, Chen Pan quiso pagar al médico con una de sus preciadas monedas mexicanas, pero Chien Shih-kuang se negó. (Años después, Chen Pan se enteraría de que el herbolario se había casado con una heredera española de Ávila y se dedicaba altruistamente a curar a los pobres.)

Pero ni siquiera Chien Shih-kuang podía salvar a los pobres suicidas. Chen Pan contó cinco en total. Después del melonero hubo otro que también se arrojó al mar. Otro se envenenó con opio robado. Un muchacho, no mayor de quince años, se pasaba los días y las noches llorando. Confió a Chen Pan que sentía mucha tristeza por haberse dejado atraer a aquel barco.

—¡Soy el único hijo de mis padres! —exclamó antes de hundirse en la oreja un afilado palillo de comer. Así acabó con sus lamentaciones.

Un nativo de K*** se ahorcó en la sentina con una cuerda hecha con trapos. (Los guardias le habían golpeado salvajemente por coger agua de lluvia de sus barriles privados.) Chen Pan pensó que el vaivén del ahorcado tenía el sonido de la seda cuando se rasga con suavidad. Con el viento soplando con fuerza y el mar por todas partes, se preguntó: ¿por qué querría nadie morir tan encerrado y sin aire? Chen Pan tampoco sabía por qué un hombre quería vivir en última instancia. Sólo sabía que él seguiría vivo, si alguien no se las arreglaba para matarlo.

La noche que murieron los hermanos Wong, una tormenta envolvió el mar. El barco crujía y se quejaba como un hombre enfermo. La tormenta rompió un mástil y arrastró a dos oficiales al mar. Los hombres temían que los fantasmas de los hermanos hubieran maldecido el barco y que fueran ellos los que causaban los truenos y relámpagos, el viento que soplaba en ocho direcciones y las olas altas como templos de Buda. Pero por la mañana el mar estaba en calma.

A mediodía, cerca del Cabo de Buena Esperanza, divisaron un par de ballenas. Chen Pan subió a cubierta para ver a aquellos animales saltarines.

—Deberíamos matarlas para tener comida fresca —sugirió Wu-Yao, el de los ojos perezosos. Chen Pan lo miró con incredulidad. Era evidente que aquel muchacho de ciudad nunca había pescado ni una carpa en un estanque.

Cada día había rumores distintos. Un sastre arruinado hilvanaba la mayoría de las habladurías y no cesaba de citar dichos antiguos. *Los pájaros enjaulados añoran su casa del bosque. Los peces de los estanques añoran la profundidad.* Chen Pan escuchaba atentamente al sastre, aunque no hacía circular sus informes: que el barco se dirigía a las islas Filipinas; que allí matarían hasta al último hombre que quedara a bordo y les arrancarían el corazón; que el resto lo venderían a los caníbales que gustaban de la carne amarilla.

Se habló de amotinarse. ¿Decapitarían al capitán y a la tripulación? ¿Incendiarían el barco? ¿Darían media vuelta y volverían a China? Chen Pan sabía que a bordo había hombres acostumbrados a matar, guerreros experimentados que habían luchado contra los bárbaros británicos. Cubiertos de cicatrices de flechazos, los habían sacado a rastras de la cárcel y los habían metido en el barco. Pero los que hablaban más alto eran unos bocazas.

Chen Pan estaba cada vez más arrepentido. ¿Se había dejado engañar por sus propios sueños de grandeza? ¿Y cómo podía volver más pobre que al partir? (Ya se imaginaba los reproches de su madre.) Trató de concentrarse en su glorioso regreso a China al cabo de unos años. Un cortejo de hombres lo seguiría, y él triunfante en el palanquín, con cientos de cofres de regalos principescos sobre los hombros. Seda suficiente para tres generaciones. Arneses nuevos para los caballos de la aldea. Incontables jarros de huevos de tortuga conservados en vinos extranjeros. Los aldeanos se reunirían a su alrededor, presentándole en vida el respeto que su padre sólo había conseguido después de muerto.

Como los días eran largos y los hombres iban muy apretados, se entretenían contándose historias sobre los hombres más altos que habían existido. Chung Lu-yüan, que era aficionado a las adivinanzas, habló de un hombre que, sentado, era tan grande como una montaña y podía detener el curso de un río con el culo. Hsieh Shuang-chi, un estibador que había subido a bordo embaucado por su avaricioso cuñado, habló de un gigante que bebía miles de litros de rocío celestial para desayunar.

Chen Pan repitió los chistes que había oído de labios de su queridísima tía abuela. Su favorito era el del malvado caudillo militar que se había alargado el pene con la trompa de una cría de elefante. Todo había ido bien para el caudillo, contó Chen Pan, hasta el día que pasó junto a un vendedor ambulante de cacahuetes.

También había a bordo un enano capaz de imitar a la perfección el sonido de un arpa de casia. Se llamaba Yang Shifêng y cantó canciones de su tierra, donde los hombres más altos no pasaban de un metro. En la antigüedad, decía, sus paisanos habían sido enviados como bufones y esclavos a la Corte Imperial. Entonces llegó Yang Cheng para gobernar el país de los enanos y convenció al Emperador de que anulara aquel tráfico cruel. Desde entonces, todos los varones nacidos en T*** se llamaban Yang.

Otros contaron el cuento del impúdico Rey Mono. Le habían encargado que vigilara los melocotones celestiales de los Inmortales, y el Rey Mono en lugar de guardarlos se los comió con gran apetito. Tras aquella infracción hubo otras, pero ninguno de los emisarios del Emperador Jade había podido atrapar al osado simio. Finalmente, el mismo Buda lanzó un poderoso maleficio que enterró al mono bajo una montaña durante quinientos años.

En una litera cercana había un criador de cerdos de N*** que a Chen Pan le recordaba a su padre. Tenía el pelo coronado por mechones rebeldes aunque el aire estuviera totalmente en calma. El criador de cerdos repartió con Chen Pan el último repollo en vinagre que le había preparado su mujer. El sabor les despertó una gran nostalgia. Chen Pan recordó las largas tardes de verano en que su padre le leía poemas, los arados abandonados en el cobertizo. Las cigarras no tardaban en cantar, señalando la llegada del otoño:

Estas maravillosas estaciones y estos años fragantes se alejan solitarios, pero aquí sólo hay vacío.

Cuando Chen Pan tenía trece años, los bandidos mataron a su padre por protestar por la violación de la hija del aguador. La muchacha sólo tenía diez años, era guapa y tonta, y se fue de buen grado con los bandidos al pajar del vecino. Su padre se convirtió en leyenda y los aldeanos no dejaban de hablar de su heroísmo, pero madre cuestionaba sus elogios.

—¿Qué padre deja a sus hijos con sólo su buena reputación para comer?

Reprendía a sus hijos para que aprendieran esta lección: «¡Olvidaos de las desgracias ajenas y preocupaos por tener lleno vuestro propio plato!»

Después de tres meses en el mar, los brazos y las piernas de Chen Pan se habían vuelto suaves y blancos como la carne de las mujeres ricas que había visto en Amoy. A menudo fantaseaba con aquellas mujeres, aspiraba el aroma de la laca de sus cabellos y poco a poco se atrevía a amarlas. Recordaba las anécdotas de las mujeres de la antigua Corte Imperial, que estaban protegidas por eunucos imperiales de túnica morada. Mujeres seductoras, envueltas en pieles y jade, con las mangas de seda y gasa abriéndose como orquídeas. Mujeres exquisitas que sólo tomaban caldo de camello y mordisqueaban extrañas frutas invernales para conservar el cutis. Mujeres que era mejor admirar de lejos, como la niebla de la montaña.

A veces los hombres hablaban con añoranza de las flores que los esperaban en Cuba junto a los caminos, putas fáciles de color ámbar que se abrían de piernas porque les gustaba, sin esperar nada a cambio. A pesar de lo mucho que le había costado, Chen Pan no podía recordar la noche que había pasado con la bailarina de Amoy. Sólo tenía recuerdos de su apenada esposa.

El barco cruzó el estrecho sin incidentes y siguió la verde curva de África antes de virar al oeste para cruzar el Atlántico. En Santa Elena se detuvieron a cargar agua fresca, y siguieron por Ascensión, Cayena, la costa de Barbados y Trinidad. Chen Pan oía a la tripulación anunciar cada puerto, pero cuanto más tiempo pasaba a bordo más lejos le parecía Cuba. ¿Habrían pasado ya sus ocho años de servidumbre?

Cuando por fin llegaron a Regla, al otro lado de la bahía de La Habana, Chen Pan subió a la cubierta superior para verla mejor. Era una caliente y soleada mañana y de lejos la

ciudad parecía una fabulosa concha marina color rosa pálido y blanco. Un viento fresco agitaba las hojas de las palmeras. El agua era de un azul tan brillante que le dolieron
los ojos de mirarlo. Cuando Chen Pan puso el pie en el mue-
lle, las piernas le fallaron. Otros también se desplomaron
en el suelo. Parecían un barril de cangrejos que se hubiera
volcado.

Ordenaron a los hombres que se quitaran sus sucios
andrajos y les dieron ropas nuevas para que se presentaran
ante los cubanos. Pero no había forma de disimular su aspecto: se les notaban todos los huesos de la cara y tenían la piel
llena de llagas. Ni siquiera un régimen estricto a base de
dedalera habría mejorado su apariencia. Los contratados fueron congregados en grupos de sesenta —madereros y
barberos, zapateros, pescadores, agricultores— y luego divi-
didos en grupos más pequeños para los hacendados que
esperaban.

Cinco cubanos a caballo, armados con látigos, conducían a los hombres como al ganado hacia el barracón donde
iban a venderlos. Una vez dentro, Chen Pan fue obligado a
desnudarse, para comprobar su fortaleza, como en los dis-
tritos rurales de China cuando ponían a la venta caballos y
bueyes. Chen Pan se puso rojo de vergüenza, pero no se quejó. Allí ya no podía confiar en las costumbres conocidas.
¿Quién era él ahora sin su país?

El precio habitual de un chino sano eran ciento cincuenta
pesos. Un hacendado español pagó doscientos por él, probablemente por su estatura. Su padre le había enseñado que
cuando se conocía el nombre de un demonio, éste no tenía
poder para hacer daño. Chen Pan preguntó inmediatamente a uno de los jinetes por el nombre del comprador. *Don
Urbano Bruzón de Peñalves*, le dijeron. ¿Cómo iba a recordar algo semejante?

Algunos hacendados quisieron cortarle la coleta a sus
contratados. Los que se quejaron recibieron golpes. Chen

Pan suspiró de alivio, porque su amo no se fijó en esto. Ahora ya no había dudas sobre lo que iba a hacer en Cuba. Estaba allí para cortar caña de azúcar. Todos. *Chinos. Asiáticos. Culis.* Más tarde habría otros trabajos en el ferrocarril o en las minas cupríferas de El Cobre, a ochocientos kilómetros de allí. Pero por el momento, lo que más querían los cubanos eran espaldas fuertes para sus campos.

Humo Que Se Va

Centro de Cuba
(1857-1860)

Chen Pan llegó a la plantación La Amada para la recolección del azúcar. Lo pusieron con los esclavos de África y le dieron una cuchilla plana y recta para cortar la caña. Los tallos eran duros como la madera, pero fibrosos y más difíciles de cortar. Le saltaban a la cara nubecillas de polvo. En las manos le salieron ampollas como setas. Nidos de moscas irisadas se instalaban en su piel mientras trabajaba, mientras inhalaba una y otra vez los vapores amarilloverdosos de la caña.

El calor empezaba antes del amanecer y duraba hasta mucho después de ponerse el sol. A Chen Pan le dolía la espalda de tanto encorvarse. Tropezaba con lagartos anchos como su puño. Una vez dio un machetazo en falso y se hizo una herida en la espinilla que tardó semanas en curarse. Las carretas de bueyes se combaban bajo el peso de tanta caña. Aun así, el trabajo no se detenía.

Los esclavos africanos segaban mecánicamente sus surcos de cañas. *Ziu, ziu, clac*. Tres golpes rápidos era todo lo que necesitaban para cortar la caña y dejar en la tierra un tallo de dos dedos. Chen Pan nunca había visto hombres como aquellos. Dos veces más anchos que él, con los muslos gruesos como robles. Dientes que habrían podido romperle los huesos. Otros altos como dos chinos, con el espinazo tan saliente que habría podido trepar a él como a un pino.

La piel de los africanos parecía oscurecer los campos; una piel negrirrojiza, una piel negriazulada, o castaña como la corteza de los árboles, y que olía a bosque. Casi todos los esclavos tenían una red de cicatrices en la espalda, o rayas todavía en carne viva que había dejado el látigo del capataz. Chen Pan vio que un esclavo atrapaba abejas con la lengua y se las tragaba como si fuera un oso. Decía que ni siquiera le picaban.

Los hombres procedían de lugares que Chen Pan desconocía. Decían que eran bantúes, ashanti, mandingos, carrobalíes. En China nadie creería que tales hombres pudieran existir.

Desde la primera hora que pasó en los campos, Chen Pan comprendió que no estaba en Cuba como trabajador contratado, sino como esclavo, en nada diferente a los africanos. Que había firmado con engaños la cesión de su vida. Por la noche, a pesar del dolor muscular que le producía el trabajo diario, dormía de manera irregular. Siempre lo acosaban las mismas preguntas. ¿Regresaría alguna vez a su aldea? ¿Compraría la casa de pilotes junto al río? ¿Restauraría el buen nombre de su padre?

Los cobertizos de los esclavos eran fétidas colmenas de madera podrida: sucios y apestosos, llenos de ratas y piojos, sin nada remotamente verde. El aire estaba saturado de mosquitos. En el patio cocían batatas, plátanos y malangas para la cena en pequeñas hogueras que despedían chispas y un humo que olía a violetas y a fécula. Los cuartos eran agujeros inmundos con camas consistentes en tablas o hamacas. La única llave la tenía un triste guardia situado en un puesto de vigilancia enrejado. El mayoral vivía cerca de allí, con su arsenal de armas de fuego.

Unas viejas brujas lavaban la ropa, cocinaban y se encargaban de un par de polvorientos surcos de tubérculos. Los compañeros de viaje de Chen Pan empezaron a sembrar sus propias verduras con las semillas que habían llevado consigo: melones ácidos, calabazas, coles blancas, berenjenas, *bok choy*. Una noche, un cocinero de Cantón hizo una sopa de nido de pájaro tan deliciosa que muchos hombres lloraron acordándose de sus madres.

Después de oscurecer no se permitían las luces en el *barracón*, así que los esclavos guardaban luciérnagas en jaulas diminutas que hacían con ramas. A veces, un esclavo con morriña cantaba una canción de su aldea, monótona y triste, y el chirrido incesante de los grillos ahogaba sus palabras. Los más inquietos se pasaban las horas quitándose las garrapatas. Hombres y mujeres por igual fumaban cigarros de tabaco silvestre, para ahuyentar el mal. Porque el mal, decían, está en todas partes.

Las conversaciones eran tan habituales en el barracón como los bichos. Chen Pan no se enteraba de casi nada de lo que contaban, pero lo que comprendía, o pensaba que comprendía, le inquietaba. ¿Camaleones gigantes cuyo mordisco causaba locura? ¿Serpientes más rápidas que cerdos al galope? ¿Víboras rojas que se convertían en círculos, mordiéndose la cola, y perseguían a sus víctimas hasta que se desmayaban? Los esclavos hablaban con respeto de una joven yoruba que había comprado su libertad tallando peines de carey. Todo el mundo soñaba con aquello, con reunir suficiente dinero para liberarse.

A veces un africano se ahorcaba en el caobo con sus harapos de domingo. Los *bozales*, los africanos recién llegados, eran los más propensos a suicidarse. Se arrojaban al pozo o a las calderas de azúcar hirviendo, tragaban puñados de tierra o se asfixiaban con su propia lengua. En la plantación había muchas maneras de morir. El tartamudo leñador de D*** también se ahorcó en el árbol de los africanos cuando le dieron una paliza que lo dobló en dos. Por la plantación corrió el rumor de que castigar a *los chinos* incluso con mano blanda podía tener consecuencias desastrosas para la inversión del amo.

Al principio, Chen Pan tuvo dificultades para entender a todo el mundo. El español le parecía muy ruidoso.

Como las tracas de Año Nuevo. No había curvas en los sonidos, ni ascensos ni descensos, sólo *ta-ta-ta, ta-ta-ta*. Exactamente así. *Tra-ba-jo, tra-ba-jo*. Chen Pan supo enseguida que no necesitaba aprender mucho más. A veces los
africanos mezclaban sus idiomas tribales. Abakua. Congo.
Lucumí.

A Chen Pan le gustaban los africanos. Le enseñaron a
golpear con el machete, compartían los ñames que asaban
en la ceniza. Cabeza de Piña, que podía dejar a un hombre
sin sentido de un cabezazo, se interesó por Chen Pan y lo
protegió como a un hermano. Llamaba «Flecha» a Chen Pan,
por su espinazo, que era largo y recto. Cabeza de Piña decía
que Chen Pan era, como él, hijo del Dios del Fuego.

A cambio, Chen Pan enseñó a su amigo los ejercicios chinos para empezar la jornada, que recogen energía de los cielos para fortalecer el cuerpo.

Los otros chinos se burlaban de Chen Pan. Decían que
no querían relacionarse con los africanos. Decían que los
negros eran embusteros, que apestaban a mono y les roba-
ban la comida. Pero Chen Pan no les hacía caso.

Todos, chinos y africanos por igual, estaban de acuerdo en
una cosa: odiaban al capataz, un fornido y despreciable criollo al que llamaban el Bigote, porque el que llevaba parecía
el picaporte de una puerta. ¿Quién se imaginaba que era con
aquella yegua cansada, con el látigo y la pistola preparados,
las altas botas llenas de barro, bajo el sol de mediodía? Cada
vez que aparecía el amo a caballo para inspeccionar los campos, el Bigote barbotaba con servilismo:

—Sí, señor. No, señor. A sus órdenes, señor.

Un día, el Bigote castigó a Chen Pan con mucha saña porque estaba contando uno de los chistes de su abuela (uno
sobre la primera esposa de un cabrero); los hombres se rieron tanto que dejaron caer el machete.

—¡Beee, beee!

Chen Pan todavía estaba balando cuando los latigazos le desgarraron la camisa, dejándole en la espalda una reja de sangre. Chen Pan pasó muchas noches curándose las heridas con las hojas cicatrizantes de los africanos y planeando la venganza.

No fueron los últimos latigazos que recibió. El látigo restallaba encima de él y de los demás por cualquier descuido: si reducían la velocidad, o hablaban en su lengua, o se atrevían a protestar. Veinte latigazos por plantar cara. Otros treinta si el infractor persistía. A continuación venían dos meses con grilletes o trabajos con cadenas en los campos.

Para Chen Pan, el silencio era peor que la mordedura del látigo. Sentía las palabras contenidas pudriéndose dentro, palabras corrientes como «sol», «cara» y «árbol», o pasajes de poemas que deseaba recitar en voz alta, como el que hablaba de la señora de Xi. Hace muchos, muchos años (era la voz de su padre lo que oía Chen Pan), el rey de Chu derrotó al gobernador de Xi y se llevó a su mujer como botín.

Ningún favor real pudo borrar
el recuerdo del amor que había conocido antaño,
ver una flor le llenaba los ojos de lágrimas,
y no dijo ni una sola palabra al rey de Chu.

De vez en cuando soplaba la brisa por los campos de caña, arrastrando aromas de jazmín o heliotropo. Aquello estimulaba a Chen Pan. No importaba que estuviera atrapado en aquella asquerosa isla rodeada de manglares y tiburones hambrientos, ni que el brazo se le cayera en pleno machetazo, de puro agotamiento. Imaginaba las brisas como hálitos del mar, soplos que empujaban las barcas hacia el horizonte, con las velas hinchadas y resueltas.

A veces se distraía espiando a las pocas esclavas que había en los campos. Los domingos con suerte veía a las más jóvenes bañarse en la corriente, o con sus amantes en la espesura. Se dio cuenta con añoranza de que en el calor del amor no cerraban los ojos ni volvían la cabeza.

Las luchas por las mujeres eran tan sangrientas y enconadas que alguno solía resultar muerto. *Si los huesos escasean, los perros se pelean.* Tres esclavos se liaron a puñetazos por una gorda que trabajaba en la cocina. Los dos más pequeños se las arreglaron para estrangular al más alto y luego lo descalabraron. En el entierro, los esclavos cantaron y batieron palmas por el cuerpo sin vida, pidiendo un feliz regreso del difunto a África. Luego le pegaron los ojos con semen y lo inhumaron en los bosques.

Las fiestas animaban el *barracón* los fines de semana. El comerciante criollo aparecía con su pan blanco y sus buñuelos. También vendía telas de algodón y muselina, cacahuetes garrapiñados, ungüentos para los músculos y pañuelos de cuadros. Las ocasionales peleas de gallos levantaban los ánimos. Chen Pan solía apostar en las riñas de gallos en China y cuando su madre y su mujer se quedaban dormidas se iba a W***. Juzgaba a los gallos por su porte beligerante, por la ferocidad de sus ojos. Una vez había comprado un arado con las ganancias.

Había otros entretenimientos. Competiciones de esclavos para ver quién la tenía más larga. Había muchos certámenes basados en este tema. En uno, los hombres metían la *pinga* por un agujero practicado en una caja de madera con cenizas en el fondo. El que sacaba la *pinga* con más ceniza era el ganador. Cabeza de Piña ganaba a menudo en aquel juego.

Cuando a Cabeza le ordenaron dormir en el cepo por haberse peleado con el *mayoral*, algunos africanos rodearon a Chen Pan. Lo acusaron de meter en líos a Cabeza. Pero Chen Pan replicó. Ningún otro chino se molestaba en hablar con los esclavos, dijo en son de queja, ¿por qué entonces se metían con él? Cuando los africanos lo obligaron a meter la *pinga* en la caja de cenizas, deseó que la tierra lo tragase. La sacó arrugada y sin una brizna de ceniza.

Hacia el final de la cosecha, Chen Pan segaba ya con la misma eficiencia que al principio había admirado en los africanos. Al madurar la última caña, la superficie era más frágil y los tallos se empapaban en jugo meloso. Chen Pan aprendió a moverse al ritmo de los oscilantes tallos, con el calor y el zumbido de los insectos. Cortaba caña hasta que el tiempo dejaba de tener sentido, hasta que la garganta se le agrietaba por la sequedad, hasta que sus sueños no eran más que polvo.

Si cumplía hasta el final el contrato en Cuba, ¿qué habría conseguido? Nada de dinero y un cuerpo anciano. Su destino se malgastaba en los campos. Suerte de perro muerto. Muchos días estaba demasiado cansado incluso para quejarse.

Durante las últimas semanas de la *zafra*, la campana del molino de azúcar sonó hasta veinte veces en un solo día de trabajo. La vida de Chen Pan se medía por los chasquidos del látigo, por su piel curtida por el sol y hecha jirones. Unos cuantos chinos habían conseguido ocupaciones menos arduas. Metían la caña en las máquinas de prensar, o cuidaban de la savia hirviendo. También habían elegido a Chen Pan para aquel trabajo. Pero después del sofoco del barco y del barracón, no soportaba estar encerrado durante mucho tiempo. El sol era brutal, es cierto, pero a veces pasaban grullas volando, purificándolo con sus sombras y su suerte errante.

Una nube de grullas se va,
deberías volver a casa, más allá de las blancas nubes,
beber de los arroyos, dormir en los valles vacíos...

A quien más echaba de menos era a su tía abuela. Antes de partir para Amoy se había despedido de ella bajo el alero de su casa de tejado de paja. Cuánto le gustaban las limpias filas de crisantemos de la tía abuela. Habían pasado horas recogiendo hojas de morera y la mujer enseñaba los dientes ennegrecidos cada vez que le contaba un chiste verde. Chen Pan, cuando era pequeño, había creído que su pene (y el de todos los chicos, para el caso) sólo servía para que las mujeres hicieran bromas y poco más.

—Recuerda, no tenemos nada en la muerte —le había dicho su tía abuela, abrazándolo—. Ve con cuidado y vuelve.

El padre de Chen Pan había recitado a menudo sus poemas a su querida tía. Era vieja y analfabeta, pero había escuchado con atención al sobrino. Siempre que padre le leía una expresión que no comprendía, él tachaba el verso. Había decidido escribir sólo lo que un buen campesino supiera apreciar.

Chen Pan redactaba cartas para la familia en su cabeza. *Querida tiíta. Querida esposa. Querido hermano. No estoy muerto.* Pero no finalizaba aquellas cartas. Era mejor dejar que todos pensaran que los forajidos le habían robado y matado, que los buitres habían llegado y le habían sacado los ojos. Sabía que su mujer quemaría incienso en su nombre, para animar a su espíritu a volver. A Chen Pan le gustaba imaginar la sorpresa de su mujer cuando volviera. Pero con cada machetazo la perspectiva se convertía en algo más remoto.

A veces estallaba una tormenta que rompía la monotonía de los días, pero pronto los aguaceros fueron fáciles de prever: las nubes construían los mismos precipicios grises cada tarde, las lluvias no duraban más de una hora. Y al oscurecer, los campos temblaban con el brillo de las luciérnagas. Sólo una catástrofe hacía que un día fuera diferente del resto. Como aquella vez que a Yeh Nien lo alcanzó un rayo al levantar el machete en una tormenta, o la mañana en que un buey se desplomó junto al idiota de Eulice y le aplastó tres dedos del pie.

Una tarde sobrevino una tormenta terrible que oscureció los campos. Los esclavos no podían ver el extremo de los machetes, pero se los obligó a seguir cortando caña como si nada. En medio de la confusión, Chen Pan entrevió al Bigote gritando órdenes al encargado de un campo. Cogió una piedra afilada, apuntó con cuidado y se la tiró al capataz para darle en la sien; Chen Pan sabía que una pedrada bien dada en aquel punto mataba a un hombre al instante.

Todos los esclavos recibieron latigazos por el asesinato del Bigote, pero nadie confesó el crimen ni haberlo presenciado. Tampoco dijo nadie una sola palabra a Chen Pan, aunque los esclavos le rindieron pequeños tributos. Le dejaban escoger el machete al amanecer y beber agua el primero al mediodía. *Akuá mbori boroki ñangué*, murmuraban los africanos. El cabrón sólo se castra una vez.

Hacía unos años había llegado a la aldea de Chen Pan un acróbata ambulante con un macaco enorme atado con una correa. Era verano y el macaco se había soltado de la correa, había trepado al quinoto de la familia y se había atiborrado de fruta sin que nadie lo invitara. Nada podía hacer bajar al mono. Trataron de subir a todos los perros del lugar, sin excluir a los pequeños e indefensos, como el pequinés de su tía abuela. Chen Pan había matado también a aquel mono, de una sola pedrada.

Las mujeres empezaron a fijarse más en Chen Pan después de que matase al Bigote. Una esclava flacucha llamada Rita empezó a merodear por su extremo del *barracón*. Su piel era suave y de color malva, sus piernas rectas como palos. Cuando andaba hacia él, agitando rítmicamente las caderas, Chen Pan sentía que todo su cuerpo hervía y se tensaba. Rita le confesó que despertaba su curiosidad.

—*Chinito lindo, chinito lindo* —canturreaba, acariciándole los brazos con los dedos.

Los otros hombres se reían y se burlaban de Chen Pan. Éste empezó a soñar con Rita, con que la voz de la muchacha se deslizaba entre su díscolo pelo, con que sus labios se abrían con avidez para recibir un beso suyo. Por las mañanas se levantaba con Rita quemándole bajo la piel.

También pensaba en la esposa que lo esperaba en la casa del trigal, con su fino cabello recogido en un moño. No era una mala mujer. Le hacía la comida, le remendaba la ropa, yacía con él siempre que se lo pedía, incluso con el calor abrasador del mediodía. Chen Pan no la había amado. Ahora se daba cuenta. No había sentido nada al separarse de ella debajo del sauce, envuelto por una parra podrida.

Unos días más tarde, Chen Pan regaló a Rita un espejo de bolsillo que había comprado al comerciante criollo.

—Ahora tendrás que admitir lo hermosa que eres y perdonarme la pasión que siento por ti. —Chen Pan había ensayado esta frase para poder decírsela en su titubeante español. Rita volvió el espejo para recoger la luz del sol y se miró la cara. Pareció complacida con lo que vio.

—¿Me amas? —preguntó con voz cantarina.

—Sí —dijo Chen Pan, bajando la cabeza.

Aquel mismo día, Chen Pan se dio cuenta de que el amo echaba miradas a Rita. Don Urbano se entretuvo en el campo de caña. Hizo que le afilaran el machete de un modo especial y envió a un esclavo de la casa para que le sirviera zumo de mamey a la sombra. Después de cenar ordenó que al amante fijo de Rita, Narciso, lo pasaran al turno de noche del molino. Luego llamó a Rita a su cama.

A la mañana siguiente, cuando Narciso volvió del trabajo, el mayoral lo mató de un tiro, sin una palabra de advertencia. No permitió que lo enterraran, y delante de todo el *barracón* lo echaron a los perros, que se lo comieron pedazo a pedazo. Pobre espíritu mandingo, cantaban los esclavos, perdido y errante eternamente. Y cómo cacareaban las viejas brujas: *La gallina negra va pone' huevo blanco.*

Mientras la barriga de Rita se hinchaba, el resto adelgazaba, como si se tratara de un traspaso de carne. Olvidó a Chen Pan y a sus amigos del *barracón*, olvidó su propio nombre y el espejito regalado, olvidó que era una esclava. Todas las noches Chen Pan se arrodillaba junto a su hamaca y le susurraba al oído. Le contó la historia del pastor y la doncella tejedora, que habían sido convertidos en estrellas por la madre celestial de la chica y situados en extremos opuestos de la Vía Láctea. Sólo se veían una noche al año, la séptima noche del séptimo mes.

Los otros chinos decían que Chen Pan estaba loco, porque se había enamorado de una muerta. Los africanos también lo pensaban, pero eran demasiado respetuosos para decirlo en voz alta.

El nuevo capataz se dio cuenta de que Rita ya no era útil en los campos. Al cabo de unas semanas la vendieron a un cafetal de las montañas de Oriente. Todo el mundo decía que recoger café bajo la lluvia acababa con un esclavo en la mitad de tiempo que la caña de azúcar. La Gorda, la bruja bantú, echó los cauris de la fortuna y predijo que Rita no volvería a trabajar en los campos: *Morirá al llegar a su destino, asfixiando al fantasma infantil en la matriz.*

Cuando la caña estuvo cortada y molida, las jornadas se dedicaron a las faenas menores, como reparar herramientas, arrancar las malas hierbas de los barbechos y volver a sembrarlos en los intervalos entre lluvias. Unos cuantos chinos adoptaron nombres españoles, se cortaron la coleta y se adaptaron a la comida local. Eligieron nombres de cubanos ricos, esperando alcanzar su misma prosperidad. Yü Ming-hsing fue Perfecto Díaz. Li Chao-ch'un se rebautizó Jorge de Lama y se peinó el pelo hacia atrás con aceite perfumado. Kuo Chan el Zoquete quiso que lo llamaran Juan-Juan Capote.

—¿Por qué Juan-Juan? —le preguntó Chen Pan.

—El doble de suerte —contestó.

Kuo Chan aprendió a bailar tan bien como los africanos, moviendo las caderas al ritmo de los tambores. Olvidó por completo que era chino.

El pesar de Chen Pan por Rita lo hizo afortunado en el juego. Sus contrincantes decían que Chen Pan ganaba una y otra vez porque no le importaba perder. Olvidar, decían, eso era lo que buscaba. Chinos y africanos jugaban acaloradamente: al botón, al *fanfán*, a la *chifa*. Chen Pan tenía suerte, pero no era avaricioso. Dejaba de jugar cuando ganaba cinco o seis pesos. No tenía sentido ganar más y perderlo todo, se decía. Los muertos, amarillos, negros o blancos, no tenían amigos.

El día de Año Nuevo se fugaron doce chinos de la plantación La Amada. Chen Pan se puso furioso porque no lo habían incluido en sus planes, y el enfado le duró hasta que cogieron a todos menos a uno y los tuvieron diez días con los grilletes puestos. Como advertencia, a Chen Pan y a los demás chinos los obligaron a mirar mientras a los fugitivos les cortaban los dedos de la mano más débil. Luego los mandaron a todos a los campos, a cortar más caña.

Durante meses, todo el mundo habló del chino que había escapado: Tiao Mu, el pescador de F***. Se dijo que Tiao Mu había saltado al río con los perros pisándole los talones y había desaparecido. Humo Que Se Va, así lo llamaban todos. El primer chino *cimarrón*.

Los africanos afirmaban que Ochún había protegido a Tiao Mu, que la diosa del río lo había convertido en niebla antes de empujarlo al seguro reino de su hermana, Yemayá, que gobernaba los mares azules. Tiao Mu, decían, tendría que ofrecer a Ochún miel y oro durante el resto de sus días para estar bien protegido. ¿Sabría qué hacer?, discutían los esclavos.

Nadie volvió a saber de Tiao Mu, pero ninguno dudaba que estuviera vivo y libre. Toda la plantación tenía mejor concepto de los chinos gracias a Tiao Mu. Después de su huida trataron a los chinos con más respeto.

En mayo, Chen Pan se apartó de los otros esclavos durante una expedición para desherbar un campo lejano. Contuvo la respiración y se puso de rodillas entre las altas hierbas. Los grillos voceaban su miedo, pero nadie se dio cuenta de su desaparición. Los cuervos graznaban y se burlaban de él en un ceibón cercano. Chen Pan recordó lo que le había dicho Cabeza de Piña: que el árbol era su madre; su savia, sangre; su tacto, una caricia tierna.

Al pie del ceibón había montones de desperdicios, talismanes enterrados entre sus raíces. Chen Pan se arrastró hasta el árbol y se frotó con su tierra sagrada la cara, el cuello y las sienes para despejar su pensamiento. Esa tierra era húmeda y agria y lo refrescó, normalizando su sangre agitada. Algunas mariposas grandes de color azufrado revoloteaban entre las ramas más bajas del árbol. Un viento hostil agitaba sus alas.

Chen Pan se puso en pie y se alejó. Demasiado fácil, sospechaba. ¿Cómo podía la euforia eclipsar la desesperación de repente? En el bosque, cada susurro, cada silbido, le ponía los nervios de punta. ¿Cómo había ocurrido? Había llegado a Cuba en busca de fortuna y había terminado arrancando cortezas de árbol para cenar. Pero, ¿era momento de lamentarse? Para sobrevivir, se dijo, necesitaba robar un cuchillo.

A medianoche, solo en el bosque, Chen Pan se subió a un ceibón, dispuesto a ser invisible. Los perros ladraban con furia a lo lejos, buscándolo, con espíritus diabólicos en la garganta. El viento difundía sus mensajes como diez mil lenguas poderosas. Los africanos habían hablado de los infatigables demonios que vagaban por los bosques de la isla disfrazados con pieles de animales. En lo alto del ceibón, con las tripas revueltas, Chen Pan se preparó para lo peor.

No hubo luna ni aquella primera noche ni durante muchas noches posteriores; sólo pájaros burlones, espíritus dispersos, tocororos con hipo en las copas de los árboles. Los búhos eran lo peor, porque le gritaban en chino. Un búho, zarrapastroso, pardo y sin manchas, lo siguió durante nueve meses.

—¡Mal hijo! —le decía el búho sin parar.

Chen Pan llegó a la conclusión de que su madre había muerto y ahora su espíritu lo acosaba porque había huido de China, no le había enviado dinero ni le había dado un nieto. Trató de explicarle por qué había abandonado Amoy y que planeaba regresar a la aldea y enriquecerlos a todos. Pero ella no escuchaba.

Chen Pan robó huevos a un aparcero para apaciguar al fantasma de su madre. Le ofreció carne tierna que había ahumado en una fogata: un feto de almiquí que había sacado de las entrañas abiertas de la madre, con los huesos tan delicados como el tallo de una flor. Le construyó una corona con hojas de palma y orquídeas silvestres, más hermosa que ninguna de China, y le dio piñas silvestres y granadas que rezumaban un zumo de color rubí.

—Come —le suplicaba Chen Pan—. Son mejores que nuestros melocotones, más jugosas que las ciruelas del Emperador.

—¡Mal hijo! —le gritaba ella.

Hizo infusiones de hojas dulces para mitigar su desgracia, preparó una cama con hierba de Guinea y juncos al lado de un arroyo cristalino para que descansara, asó palomas con colocasia silvestre y miel que cogió de panales ocultos. Cuando llovía con tanta intensidad que el bosque parecía una ciénaga y era imposible encender fuego, Chen Pan construyó a su madre un refugio con ramas y hojas de palmera y lo ató con cuerda de majagua.

—¡Mal hijo!

Chen Pan andaba sin descanso, hasta que le sangraban

los pies, siguiendo los arroyos y las lentas rotaciones de las estrellas. Exhausto, se volvió descuidado y se torció el tobillo. Cuando se le infectó la boca, se puso musgo en las encías para conservar su color rosa. De todos modos perdió una pieza dental, una muela que se puso tan negra y le dolía tanto que tuvo que arrancársela con una rama de bejuco.

Ya no reconocía ni su propia sombra, delgada y extrañamente doblada. Intuyó que su tía abuela también había muerto. Ahora sólo quedaban en la granja su esposa y su hermano. En China se decía que las crías de los búhos se comían a sus madres en cuanto podían volar. Quizá pudiera cazar aquel castigo en forma de pájaro, cocinarlo y devorarlo de una vez para siempre. De lo contrario, ¿cómo se libraría de él? Chen Pan se echó a temblar al pensar en ello.

Aquella noche el flagelo materno en forma de búho desapareció sin avisar. El bosque quedó tan silencioso como un cementerio. La luz de la luna alteraba los árboles. Los pájaros volaban en silencio. Aquello era mucho peor que los reproches de su madre, pensó Chen Pan. Al amanecer durmió un poco y soñó con lotos y gansos veloces.

Chen Pan recorría los bosques con el corazón desbocado. El rumor de sus pasos rebotaba en las hojas momentos antes de que cayeran, temblando, de los árboles. Sólo comía guayabas silvestres. Cagaba un chorro rosa. Su piel se volvió de un pardo rojizo, como la tierra de la isla. Chen Pan vio humo elevándose detrás de un palmar. Oyó una tos. ¿Habría más *cimarrones* en el bosque, escondiéndose como él? ¿Debía entregarse? ¿Volver a cortar caña? ¿De qué le servía la libertad ahora?

Recordó algo que le había dicho su padre. *Sólo en la muerte volvemos a casa.* Así que Chen Pan preparó una cama de telarañas y hojas plateadas sobre los excrementos de murciélago que acolchaban el suelo de una cueva y se empolvó la cara y las manos con polen. Moriría allí, dejaría que sus huesos se desmenuzaran. Moriría allí, en aquella cueva de ninguna parte, y su espíritu volvería volando a China.

A la mañana siguiente se levantó descansado. El aire era húmedo y el cielo estaba despejado. Encima de él, avanzando pesadamente por la rama de un cedro, había una hutía gorda. Si conseguía matarla, se quedaría en Cuba. Cogió una piedra moteada y la tiró con todas sus fuerzas. El roedor pareció flotar en el aire antes de caer a tierra. Sería un excelente desayuno.

El norte

Nueva York
(1968)

Domingo Chen volvió a sobresaltarse al ver el huevo gordo y flotante de la luna. Nadie comentaba nunca en el trabajo por qué permanecía elípticamente llena todo el verano, ni siquiera Félix Puleo, que tenía otro colchón en la azotea de su casa, para las novias de segundo orden, y gozaba de una bonita vista del cielo. Así pues, ¿cómo podía estar la luna llena durante todo el verano sin que nadie se diera cuenta?

En las noticias no decían nada sobre aberraciones celestes. Domingo se habría enterado, porque siempre había una radio encendida. Toda la noche salía música rumba-plena-merengada del Havana Dragon, rebotaba en la luna y regresaba para freír chuletas. Y cuando no sonaba la música, se oían malas noticias: decapitaciones en el metro, secuestros de aviones para desviarlos a Cuba y la trágica situación en Vietnam.

Domingo asomó la cabeza por la puerta trasera de la cocina para alejarse un poco del vapor de los platos. Venus estaba aquella noche en su nido amarillo de costumbre y Marte todavía reinaba como dios de la guerra. Incluso con aquella luna anormal y la pobre ración de estrellas, la vista del cielo lo confortaba. Su madre solía comparar los planetas con los santos. Venus era Ochún. Marte era Changó. Y Saturno, con todos sus anillos de sabiduría, era el sereno Obatalá.

Desde que su padre y él habían salido de Cuba el invierno anterior, la vida no había sido fácil para ellos. Aquellas

primeras semanas de noviembre Domingo habría jurado
que habían guardado el sol en una cámara frigorífica, que
el viento soplaba dentro de él; porque no había tenido tanto frío en su vida. Y su padre había adelgazado tanto que
parecía que fuera a volatilizarse. Luego los dos habían pilla-
do la gripe y no habían salido del piso durante cinco días.
Habían pasado la Nochebuena recostados en el sofá recogido en la calle, envueltos en toallas y con un dolor ardien-
te en los huesos.

Pero ahora era verano y Nueva York era mucho más hos-
pitalaria. A Domingo le gustaba pasear por la ciudad en sus
días libres, por sus ríos de color pizarra, al pie de sus torres
de granito, por sus avenidas llenas de luces de neón, observando a las mujeres. Manhattan era un glorioso jardín de
mujeres. Mujeres de color pardo. Mujeres de color rosa.
Mujeres blancas y amarillas de todas las formas y tamaños. Cuando el sol brillaba, todas iban con ropa corta (¡algunas prendas eran de papel desechable!). Calzaban botas de
vinilo blanco y llevaban los brazos llenos de pulseras de plástico, y pintalabios irisados que le recordaban los helados
de coco que tanto le habían gustado en Guantánamo.

La fuente del Lincoln Center era su lugar preferido. A la
hora de la comida se instalaba allí con un perrito caliente y
un *knish*[1] de patata (que era como una croqueta cuadrada,
pensaba) y veía a las bailarinas de costillas prominentes cruzando a toda prisa la plaza. En su propio barrio había docenas de mujeres dignas de tenerse en cuenta. Las desaliña-
das Barnard, que tenían los dientes bonitos e iban sin
sujetador. La camarera culona de la calle 108, que dejaba que
los estudiantes la magrearan por el precio de una Sprite. Las
mamitas hispanas de Amsterdam Avenue.

El lavavajillas se estropeó en mitad de la cena, con el restaurante a tope, y Domingo tuvo que fregar a mano. No

---

1   Empanadilla judía rellena de carne, queso o patata. *(N. de la t.)*

podía trabajar lo bastante rápido para complacer a los camareros, chinos viejos e irascibles como su padre, que se habían ido de Cuba después de la Revolución.

—¡Más platos! ¡Más cubiertos!

Domingo restregó y enjuagó un plato tras otro —con restos de las especialidades de la casa: filete empanado con cebollas, arroz frito y tostones— hasta que se le revolvió el estómago de asco.

Después del trabajo se dirigió al centro de la ciudad a ver la función de noche de Ray Barretto en el Village Gate. Domingo sabía que a su padre lo ponía frenético que se gastara todo el dinero en conciertos y ropa, pero ¿qué otra cosa podía hacer? ¿Ahorrar para la jubilación? Claro que había comprado uno de aquellos jerséis de punto tan chulos que llevaba todo el mundo y gafas de sol, con cristales azules, para que combinaran. Cuando se había puesto ambos artículos para enseñárselos, papi se había limitado a mirarlo desde detrás del tajo.

—¡Pero, papi, es el Watusi Man! —le había dicho Domingo con un gemido. ¿Cómo podía ponerse precio a algo así? Pero su padre había seguido cortando la col en silencio. Papi había estado preparando col frita con gambas saladas. Había puesto las gambas en agua hirviendo antes de echarlas en la gran sartén humeante. Saltaron y crepitaron cuando cayeron en el aceite, llenando la casa de un fuerte aroma oceánico.

El club nocturno estaba abarrotado, pero Domingo consiguió un asiento en la primera fila, al lado de una enfermera menuda y pálida con un lunar en la mejilla. El Watusi Man golpeaba los timbales como en un dialecto de truenos. El *rumbero* del humo sonoro. *De otro mundo.* Domingo sentía el timbal como si el Man estuviera golpeando sus propios huesos. *Ashé olu batá.* Cerró los ojos y se dejó ir, sintió la onda, un ensueño profundo, el pulso de su propio nacimiento.

—Eh, ¿de dónde eres? —le preguntó la enfermera cuando la música dejó de sonar.

Domingo quería contestarle, decirle que su sangre era una mezcla de muchas cosas. ¿Se suponía que debía elegir quién quería ser?

—De Cuba —dijo—. Soy de Cuba.

La menuda enfermera lo llevó a su casa de Chinatown e hizo el amor con él en la cama de su difunta madre (tapetes esparcidos como copos de nieve secos). Luego le contó que normalmente salía con blancos, pero que en su caso había hecho una excepción. Domingo supo que no podría amar a la menuda enfermera, pero aun así sintió ternura por ella.

Había oscurecido cuando salió del piso de la enfermera. Una fina lluvia cubría el último borde de la noche. Chinatown revivía ya con vendedores y clientes que regateaban. La niebla que llegaba del río parecía cambiarlo todo. Una viuda velada por la niebla se convertía en una novia fugitiva. Una fila de pollos asados colgando saludaba a los transeúntes. Y por dondequiera que iba había perros pequeños e indignados que le transmitían mensajes de los muertos con sus ladridos.

En Mott Street, los desperdicios flanqueaban la calzada como flores silvestres. Una grieta en la acera imitaba la curva de una rama de arce. Los rascacielos de Wall Street descollaban con arrogancia al sur. En el escaparate de una cuchillería había docenas de cuchillos: navajas de bolsillo esmaltadas de rojo, cuchillos de sierra para el pan, cuchillos de trinchar y cuchillas de carnicero y, en la fila trasera, seis puñales delicadamente tallados y con incrustaciones de hueso.

Una mujer delgada como una escoba protestaba delante de una pescadería por el trato inhumano que le daban a los anfibios. Tortugas cortadas y desconchadas vivas. Lastimosas ranas en cubos abarrotados. La protestante gritaba, abanicando la niebla con la pancarta. Detrás de ella había largas filas de langostas aturdidas sobre montones de hielo picado, con las pinzas sujetas con gomas.

Al doblar la esquina Domingo encontró una cafetería donde servían empanadillas para desayunar. El camarero dijo que podía leerle el futuro en los pliegues de las empanadillas y decirle los números que saldrían en la lotería de la semana siguiente.

—Por sólo cincuenta centavos —dijo. Pero Domingo rehusó educadamente.

El té caliente le quemó el gaznate. Acercó la cara a la humeante taza y observó cómo los vaporosos fragmentos de sus rasgos formaban gotas en el techo. Echó el azúcar directamente en la tetera. Se disolvió con facilidad. Trabajar en los cañaverales, le había contado su padre, era atraer a fantasmas llorones. A las almas en pena encadenadas por grupos, con los tobillos llagados y comidos por el hierro, envueltos en harapos. O a los espíritus más afortunados de los suicidas que se habían matado con la ropa del domingo.

Domingo pinchó las empanadillas de gambas con los palillos. No había allí mensajes para él, al menos ninguno que pudiera ver. Las empanadillas estaban calientes y jugosas, con la cebolla justa.

Fuera de la cafetería todo parecía desmoronarse, lavado por la lluvia matutina. Domingo saboreó la sal del aire, las pirámides de jengibre y los montones de berros, la carne chamuscada de los patos en los asadores. Recordó que después de cada tormenta aparecían los caracoles en su jardín de Guantánamo, caracoles con franjas como el arco iris. Eran tan hermosos que tendrían que haber sido tóxicos, pero estaban deliciosos. Su padre y él habían recogido los caracoles, apartándolos suavemente de las hojas o el tronco de las palmeras. Caracoles fritos con guisantes de olor era una de las especialidades de papi.

Aunque sólo eran las siete de la mañana, Domingo se cruzó con una auténtica marea humana. Fue a la estación de metro de Canal Street. Un ciego estaba subiendo los escalones y contando: dieciocho, diecinueve, veinte, mientras descendía Domingo. De la estación subió una ráfaga de aire caliente. El andén era ruidoso y estaba lleno de niños chinos con túnica azul almidonada. Iban al zoo, según le oyó decir a uno.

Antes de la Revolución, su padre lo había llevado al circo ambulante de Santiago de Cuba a ver curiosidades extranjeras: el monstruoso equino americano, el increíble hombre gorila, el cerdo erudito de Londres. El cerdo, recordó Domingo, había sujetado un diccionario con las patas mientras cabeceaba solemnemente.

La luz de la bombilla desnuda era terriblemente brillante. Domingo sintió dolor en los ojos, como cuando era pequeño y se quedaba mirando al sol durante un rato demasiado largo. Oyó el zumbido de la electricidad en los gruesos cables de la estación, haciendo sus invisibles operaciones matemáticas. Las ruedas del tren de la vía de enfrente despedían chispas. Entonces llegó su tren.

Media hora más tarde salía a la calle 110 y se dirigía andando a la catedral de San Juan Evangelista. Había andamios por todas partes. Unos hombres enfundados en monos reparaban el tejado y las torrecillas góticas. Domingo hundió tres dedos en la pila del agua bendita y se santiguó dos veces. Dentro todo se veía confuso, con la luz distorsionada por las inmensas vidrieras.

Cerca de la cabecera del templo, a la derecha del altar mayor, había una capilla de la Virgen María. Una cuantas rosas de tallo largo se marchitaban a sus pies, sobre una superficie de helechos. Domingo se sentó en el tercer banco y juntó las manos. Quería rezar, pero no sabía qué pedir. Mamá le había dicho una vez que la Virgen simpatizaba con los ascetas, los parias y los olvidados, pero que también aceptaba a gente menos apurada cuando se la presionaba.

Domingo se preguntó si la Virgen habría querido unirse alguna vez a la brega diaria de la gente corriente. ¿Eran los seres trascendentales capaces de envidiar? Tal vez en la tierra se hubiera pervertido: atracos en casas de comida rápida, robos de envases de dónuts azucarados para el camino. O habría formado una banda criminal con las vírgenes de Guadalupe, de Regla, de Lourdes (la Virgen de Regla, desde luego, estaba monísima de negro y azul). ¿Y por qué no? Domingo se las imaginó con chupa de cuero y el pelo de colores, botas hasta allá, y cuervos en los hombros en lugar del Espíritu Santo.

Bajó la cabeza con culpabilidad, medio esperando ver una escuadra de santos indignados acercándose para enseñarle la puerta. Luego echó otra mirada a la Virgen. Vio que con el pie izquierdo aplastaba la cabeza de una serpiente asquerosa, presumiblemente Satanás. Tenía los dedos de los pies gordezuelos y pintados de rojo. Le entraron ganas de chuparlos.

Recordó aquella vez en que su hermanastra mayor lo había estado sobando en una visita a Guantánamo. Mariana Quiñones todavía tocaba el arpa con la Orquesta Municipal de Oriente. Con su voz cantarina y las callosas puntas de los dedos, le había sacado expertamente la *pinguita* de los pantalones cortos. Domingo sólo tenía ocho años, pero había jurado a Mariana que sabría guardar un secreto.

Domingo vivía sólo a unas manzanas de allí. Subió las escaleras hasta el piso donde vivía con su padre. Las paredes de la escalera eran de un rosa intestino sucio. En el descansillo había un fuerte olor a carne. El ex combatiente que vivía al final del pasillo, que estaría friendo su ración semanal de ternera. El ex combatiente decía que desde su regreso de Vietnam sólo comía hamburguesas con garantía total del Ministerio de Agricultura, Alimentación y Pesca.

Había más veteranos en el barrio. Espantajos birriosos que asustaban a quien los miraba. Críspulo («Crispy») Morán volvió de Da Nang sin las dos piernas y con un agujero en el cráneo que trataba de ocultar con un viejo sombrero. Domingo se preguntaba si Crispy habría conservado las pelotas, pero no tenía valor para preguntárselo. Crispy mataba palomas en Mornigside Park y luego las rellenaba con el arroz amarillo de su mami. A veces esnifaba cocaína, medio cayéndose de la silla de ruedas, hasta que se le quedaban los sesos fritos y sólo sabía decir:

—Allí el puto cielo es mucho más grande que aquí.

Papi había salido temprano; trabajaba en una fábrica de hielo del Bronx. Estaría enfadado con Domingo por obligarlo a preocuparse. Pero estaba harto de cuidar de su padre. Papi se negaba a comprar comida y a lavar la ropa, y necesitaba que le recordaran constantemente que se tomara las pastillas.

Domingo se duchó con el jabón de almendra que le había regalado mamá antes de salir de Cuba. El vapor caliente concentraba el aroma. Recordó los boleros que mamá escuchaba mientras asistía a las parturientas y el ron que bebía en el mismo vaso verde noche tras noche. Mamá solía estar de mal humor por las mañanas y echaba mano de la zapatilla, o del sólido paraguas negro, para dar un escarmiento a Domingo. Él nunca había entendido por qué.

Se cambió y se puso el uniforme para hacer el primer turno en el Havana Dragon. Le gustaba cómo quedaba su nombre en la camisa, bordado en letras rojas, limpias y en relieve, como un arañazo reciente (otra pijada, había murmurado papi). Se peinó echándose el cabello hacia atrás, sin raya, y se cortó las uñas. Luego escribió una nota a su padre y la dejó en la mesa de la cocina. Cerró la puerta con dos vueltas de llave y bajó corriendo las escaleras, procurando no tocar la mugrienta y floja barandilla. Llegó diez minutos tarde al trabajo.

El jefe estaba esperándolo en el restaurante. Guiomar Liu llevaba en Nueva York treinta años, pero Domingo, al cabo de nueves meses, hablaba mejor el inglés. Había asistido a clases de inglés para hispanohablantes en un instituto público dos veces por semana. Le gustaban especialmente los verbos ingleses, la forma en que se alineaban regularmente como las ovejas. Su profesora, la señorita Gilbert, decía que Domingo daba al inglés una cadencia inusual. Añadía un toquecillo de güiro aquí, el *po-po-pó* de los bongos allá, el alegre repiqueteo de los timbales.

Los idiomas que se aprenden, pensaba Domingo, no tienen la misma carga de recuerdos que la lengua materna. Pero ¿había que diluir un idioma para adaptarse a otro? En la patria, Domingo había querido estudiar biología marina. Conocía los nombres y costumbres de todos los peces, moluscos, crustáceos y esponjas que había en varios kilómetros a la redonda. ¿De qué le servía todo eso en América?

Hacía un mes que Liu abría el Havana Dragon por la mañana. Había llenado los escaparates de anuncios escritos a mano: dos huevos con jamón y café, 99 centavos; tortilla española con pimientos asados, un dólar más; la empanada y el beicon se servían con un vaso gratis de suero de leche. Pero el negocio seguía flojo. Cuando Domingo era pequeño, elegía la comida más por su textura que por su sabor. Las comidas deslizantes eran las mejores: aguacates, tomates, espaguetis con mantequilla. Si un día tuviera un local propio, serviría solamente ostras.

Su padre había estado durante diecisiete años preparando comida rápida en la base naval americana de Guantánamo. Una vez al año llevaba a Domingo al trabajo, casi siempre el 4 de julio. Los americanos le habían parecido gigantescos, una especie completamente distinta. Sin embargo, le gustaban sus uniformes y desfiles, y los pirulís rellenos de chocolate que le daban todos. A Domingo le habían impresionado las paredes del economato, cubiertas hasta el techo de latas de melocotones en almíbar.

Papi volvía a casa los fines de semana con filetes de ternera, cubos de puré de patatas y guisantes con mantequilla que sobraban de los ejercicios y maniobras militares. Domingo solía esperarlo en el porche de su casa, un edificio de cemento y paredes enjalbegadas que daba al parque Martí, frotando el espinazo de un pez[2] en el bolsillo. Aquello había sido antes de la Revolución. Después, mamá se negaba a comer nada que viniera de los yanquis... ni siquiera cuando Domingo cumplió diez años y papi se puso el gorro de cocinero e hizo hamburguesas a la plancha para celebrarlo. Domingo se quedaba dormido oyendo las enconadas discusiones de sus padres.

Cuando los funcionarios revolucionarios dijeron a su padre que dejara de trabajar para los americanos, papi se negó. ¿Era un traidor por trabajar en la parrilla? Ni mil arengas del Comité de Defensa de la Revolución lo habrían convencido.

Durante el descanso de mediodía, Domingo dio un paseo por el río Hudson. El cielo estaba cubierto de nubes bajas y oscuras. De la tierra brotaban olores lozanos, salpicados de inesperados perfumes. Se quedó mirando dos embarcaciones de vela que se deslizaban por el río en direcciones opuestas. Domingo había utilizado los contactos de su padre en la base naval americana para irse de Cuba con él. La isla estaba lejos por fin, como una estación lluviosa. Pero, ¿cuál era su mundo ahora? ¿Qué era lo suyo? ¿Era posible salvarse y destruirse a la vez?

No estaba seguro de lamentar haberse ido de Cuba, pero aun así la echaba de menos, incluso sus robos más ridículos. El último año habían obligado a su tío Eutemio a donar las congas.[3] Las autoridades de Guantánamo habían dicho

---

2 En el original *lucky fish*: no una especie, sino cualquier pez. Es un símbolo de prosperidad para los chinos y en el *feng sui*.

3 Conga: baile, la música que lo acompaña y los tambores para tocar esta música.

que aquellos tambores eran patrimonio cultural porque habían pertenecido al tío abuelo de Domingo, el legendario Tumbador. Ahora las congas se exponían en un museo folclórico, donde el pueblo podía admirarlas, pero no oír otra vez su *bum-ta-catac*.

Casi todos los hombres de la familia de su madre eran por tradición *congueros* y batidores de *batá*. En Cuba, el apellido Quiñones era sinónimo de ritmo. A sus tíos y primos solían contratarlos para los *toques*, ceremonias sagradas que hacían bajar a los dioses del cielo. Cuando sus tambores empezaban a hablar, todas las divinidades disponibles suspendían sus disputas celestiales y bajaban para bailar y pasarlo bien.

Domingo no tenía aptitudes para tocar, pero era un oyente apasionado. En Guantánamo, los tambores estaban por todas partes: en las esquinas, en las bandas de carnaval, en celebraciones y festividades de santos. *Kimpá, kimpá, kimpá*. Su madre decía que los tambores eran para los negros que no trabajaban y bebían demasiado, refiriéndose por supuesto a sus hermanos y sus tíos. Pero Domingo no le hacía caso. *Tinkitín, tinkitín*. Cuando oía los tambores se sentía a gusto en su propia piel.

El negocio se animó a la hora de cenar. Entró un montón de gente al acabar la película que ponían en el cine que estaba en la misma manzana del Havana Dragon. Estaba lloviendo y los clientes se sacudían el agua como los perros. La humedad empañó los ventanales. Rayos de color de rosa cruzaban el cielo. A Domingo le encantaban los rayos, sobre todo cuando lo despertaban a media noche. Le tranquilizaba saber que la naturaleza seguía adelante mientras él dormía.

Cuando pasó la tormenta, un conocido trompetista entró a tomarse un *cafesito* y un trozo de pastel con helado. Había estado al frente de una de las mejores bandas de la isla hasta que desertó en 1962. Llevaba un traje raído y un gorro de lana calado hasta la frente. Tenía los dedos largos y transparentes. En su plato se fue acumulando la ceniza de tres cigarrillos.

> *¿Qué te importa que te amé,*
> *si tú no me quieres ya?*
> *El amor que ha pasado*
> *no se debe recordar...*

A las ocho y media entraron dos policías buscando a Domingo. Éste los vio conferenciar con Liu antes de dirigirse a la cocina. El más bajo se quitó la gorra. Tenía el cabello de un rojo llameante y tan corto que se le quedaba de punta. Cuando se apretó los puños y le crujieron los nudillos, su aspecto ganó en energía. El policía le dijo que su padre se había tirado a la vía del metro en Jerome Avenue, en el Bronx. Una docena de personas lo había visto saltar, incluido el conductor del tren número 4. Tenía dos contusiones en la cabeza, pero de lo demás no quedaba casi nada. ¿Podía Domingo acompañarlos al depósito para identificar los restos de su padre?

Domingo sintió que todos los nervios de su cuerpo convergían en su garganta. Quiso decir algo, pero no encontró palabras. En lo único que podía pensar era en las preguntas que solía formular a su padre cuando era pequeño, que hacían que éste riera y sacudiera la cabeza. *¿Qué es la distancia? ¿Quién descubrió el tiempo? ¿De qué está hecho el sonido? ¿Todo el mundo siente el dolor de la misma manera?*

Su padre estaba vivo ayer, se decía. Por la mañana había ido a la estación de metro de Broadway, a pie, medio arrastrándose, con los puños de langosta enfundados en mitones de niño, calzado con calcetines gruesos y zapatos baratos de lona. Por la tarde había vuelto con las manos rojas y agrietadas, todo él encogido. Había hecho para cenar col frita con gambas saladas. Domingo lo había desnudado y metido en la cama, como si fuera una criatura, antes de ir al trabajo.

La calle parecía neblinosa y distorsionada después de la lluvia. El roble enfermo que se alzaba delante del restaurante ya no estaba. La semana anterior habían llegado unos hombres con mono, casco y sus sierras eléctricas y lo habían desmembrado metódicamente. En Nueva York siempre era más barato destruir algo que salvarlo. Se introdujo en la boca una pastilla de mentol para la tos y la chupó hasta disolverla. Le escoció en la pequeña llaga que no acababa de curarse.

El Hallazgo Afortunado

La Habana
(1867-1868)

> *Mujer negra (con primer hijo), joven*
> *y robusta, puérpera de seis semanas,*
> *leche buena y abundante, cocina más que regular,*
> *rudimentos de costura, excelente doncella,*
> *habilidades especiales, sana y sin vicios:*
> *Calle San Juan de Dios n. 84.*

Poco después de leer el anuncio en *El Diario de la Marina*, Chen Pan cerró su tienda de artículos de segunda mano y fue a la calle San Juan de Dios para echar un vistazo a la esclava y a su hijo. Había visto anuncios de esclavos antes, al lado de recompensas por capturar sirvientes huidos y ofertas de caballos y arados, pero nunca que se vendiera una mujer con su hijo.

El sol era abrasador y atravesaba el panamá nuevo de Chen Pan. El arco iris de toldos que techaba la calle daba sólo un cobijo intermitente. Chen Pan podía haber tomado una volante y cruzado la ciudad en ella, pero prefería pasear. Un grupo de esclavos encadenados se arrastraba por los adoquines, dispersando a los niños y a un loro suelto entre el polvo. Chen Pan rozó el cuchillo que guardaba en el bolsillo de la túnica y miró al capataz. Ya le llegaría la hora, quizá antes de lo que los criollos temían.

Los vendedores pregonaban quingombó y caimitos recién cogidos, ciruelas confitadas, periquitos y manos de cerdo. La lotería se vendía con las conservas de frutas preparadas por las mulatas del campo. Encima de una alfombra había un contorsionista doblado como un buñuelo. Otro vendía cocuyos a veinticinco céntimos la media docena. Los asnos, con bozal de esparto, estaban atados hocico con cola, apenas visibles bajo los serones de pienso. Por dondequiera que pasaba Chen Pan, el olor grumoso de la carne en salazón espesaba el aire.

Un vendedor chino iba de aquí para allá con cacahuetes tostados:

—¡*Maní tostao caliente, pa la vieja que no tiene dientes!*

Un recién llegado con coleta lo seguía con una cesta idéntica.

—¡Lo mismo! —voceaba.

Otro chino vendía verduras en cestas colgadas de postes de bambú. Un pellejo humano con zapatillas hacía malabarismos con platos y la cerámica verde claro tintineaba mientras andaba. El vendedor de jengibre hizo un saludo con la cabeza al ver a Chen Pan. Otros también. Todo el mundo lo conocía en el Barrio Chino.

Sus clientes habituales lo llamaban chino *aplatanado*, que en Cuba quiere decir acriollado. Los recién llegados de China querían ser como él, ricos y tenaces. Chen Pan los oía contar historias muy tristes. Decían que la patria estaba sumida en el hambre y las guerras civiles. Rebeldes de pelo largo estaban destruyéndolo todo. Secuestraban a los niños y los apartaban de los arados contra su voluntad. Había motines en el mar. La muerte viaja. El diablo va en barco. En un viaje no había a bordo más que arroz para comer.

—¡Creían que sólo comíamos arroz!

Seis años antes, Chen Pan había salido del bosque el mismo día que había matado la hutía. Se cortó la coleta y dejó de soñar con el regreso a la aldea. Después de dos años en la plantación y casi otro peleando con el espíritu de su madre, estaba curado de espanto. Había tardado cuatro meses más en abrirse camino hasta la capital, recogiendo chatarra, entrenando gallos de pelea y apostando fuerte. Chen Pan nunca entendió por qué La Habana, con su seductora curva costera, le caló tan hondo; sólo supo que desde el momento en que llegó se dio cuenta de que su casa estaba allí.

Chen Pan se detuvo en la calle Barcelona a comprar un puro dos veces más largo que su dedo corazón. Ardió lenta y uniformemente, calentándole los pulmones al bajar. Una atractiva señora con un vestido de gasa bajó de un coche en el cruce con la calle Villegas, con varios criados a remolque. El calesero, con librea roja y brillantes botas negras hasta los muslos, estaba sentado en el pescante. La mujer abrió el abanico de seda antes de entrar en la farmacia con su cortejo.

Treinta y cinco pesos por el abanico, pensó Chen Pan, quizá cuarenta si estaba todavía nuevo. Allí donde iba, Chen Pan calculaba el precio de todo. Antes o después, sabía que acabaría en su tienda.

En El Hallazgo Afortunado vendía toda clase de reliquias y rarezas: braseros antiguos, pelucas polvorientas de jueces fallecidos hacía mucho tiempo, porcelana francesa, escudos de armas, santos de escayola con expresión marchita, bustos patriarcales (a menudo sin nariz), cornisas labradas a mano y una variedad de disfraces y accesorios. Chen Pan recorría las calles de la ciudad de vez en cuando en busca de tesoros abandonados, pero los desechos ya no eran abundantes. Era más frecuente que leyera los periódicos en busca de esquelas funerarias de hombres ilustres; luego visitaba a las viudas y ofrecía a cambio de sus tesoros un dinero que ayudaba a cancelar las deudas de los difuntos.

Había empezado recogiendo muebles viejos y chucherías en callejones apartados de La Habana. Arreglaba tocadores rotos un día, pulía urnas oxidadas el siguiente, ponía suelas nuevas a botas de montar viejas. Luego iba de puerta en puerta con las mercancías restauradas en un destartalado carro de madera. Por la noche dormía en la calle Baratillo, al lado del palacio donde el conde de Santovenia había celebrado una vez una fiesta de tres días que había terminado con un paseo en globo para ver el ocaso.

Un domingo de madrugada, un bandido había atacado al conde y Chen Pan le había salvado la vida. Para recompensarlo, el conde le había ofrecido protección vitalicia. De esta manera, Chen Pan había obtenido la Carta de Vecindad, que garantizaba su libertad. Así, con el apoyo del conde y el dinero que había ganado jugando al *botón*, Chen Pan abrió la tienda.

En aquella época sólo había unos cuantos comercios en la calle Zanja, la mayoría puestos de fruta, y una lavandería. Ahora había cuatro restaurantes chinos, un zapatero, un barbero, varias verdulerías y una tienda de especialidades donde Chen Pan compraba gambas saladas y muslos de pato. Para las empanadillas al vapor iba al establecimiento de Paco Pang (que todo el mundo llamaba Los Perros No los Tocarán). Y en cuanto al vino tinto, Chen Pan era cliente del Vaso Sin Fondo porque servían los mejores huevos en salmuera.

Chen Pan vio a una joven arpista tocando una melodía discordante tras las rejas de una mansión. Las ventanas de las mejores casas de La Habana estaban adornadas con rejas de hierro. En la plantación, los criollos encerraban a los esclavos, pero allí, en la ciudad, se encerraban ellos solos. ¿De quién se protegían? Chen Pan los entendía muy bien. Los criollos acababan con la vida de otros para asegurar su propia supervivencia, y sin pensarlo dos veces. Así que, para defenderse, el mal a veces era el bien.

En el patio interior de otra casa vio un grupo de chismosas de todas las edades sentadas en mecedoras de mimbre (noventa pesos por una usada en buen estado). Unas se peinaban con peines de marfil. Otras bordaban o miraban a los transeúntes con fingido desinterés. Parecían inofensivas, pero podían ser tan retorcidas como sus hermanos. (¿Cuántos esclavos inocentes habían encontrado la muerte por las acusaciones de aquellas remilgadas señoras?) Al oscurecer se apiñaban en sus coches en medio de una nube de encajes y perfumes y recorrían el Paseo del Prado hasta la Plaza de Armas, que olía a gardenias, para escuchar a las bandas militares que desfilaban tocando polcas y marchas.

Un chino como Chen Pan, con traje de lino blanco y sombrero de paja, era una especie de espectáculo, como un mono que hablara o una oveja con vestido de noche. Mucha gente se quedaba mirándolo antes de volver la cabeza. Los españoles eran los peores, ya que a menudo apedreaban a los chinos. Chen Pan, sin embargo, iba demasiado bien vestido para que lo amenazaran. (Se había propuesto vestir bien.) Y la policía, que normalmente detenía a los chinos limpios por jugar con dinero, tenía órdenes estrictas de los poderosos Santovenia de que lo dejara en paz.

Chen Pan sabía que los cubanos habrían preferido que todavía trabajara para ellos en los campos, o que vendiera ajos en las puertas de sus cocinas. La forma en que ellos le hablaban (y esperaban que él les contestara) lo ponía furioso. Pero Chen Pan había aprendido a dominarse. Una graciosa elevación del sombrero era más inquietante para el enemigo que un chorro de maldiciones, e imposible de replicar.

Los criollos se las arreglaban para utilizar a los chinos de otro modo. Se fiaban de los herbolarios y acupuntores de la calle Zanja cuando sus propios remedios resultaban ineficaces. Todo el mundo sabía que los chinos tenían ungüentos especiales para las articulaciones doloridas, raíces con propiedades abortivas, semillas para librar de parásitos los intestinos. Y sus agujas calentadas al fuego aliviaban los peores casos de artritis.

La casa donde trabajaba la esclava estaba recién pintada de amarillo y azul verdoso. Colores de la suerte, pensó Chen Pan. La casa de al lado era un convento de paredes medio derruidas entre cuyas viejas piedras se reunían las palomas y mudaban las plumas. La campana del convento dio las doce mientras Chen Pan llamaba a la puerta. La siesta no tardaría en caer sobre toda La Habana.

Don Joaquín Alomar pareció sorprendido al ver a Chen Pan. Lo miró de arriba abajo e inmediatamente pidió mil pesos por la esclava y por su hijo. Sin duda, pensó Chen Pan, lo tomaba por tonto.

—Antes me gustaría ver a la joven —dijo—. Y al niño también.

Un momento después, don Joaquín empujaba a la chica y señalaba con crudeza sus atributos.

—Puedes prescindir del lechero con esta vaquilla en casa.

Mil pesos era demasiado dinero, Chen Pan lo sabía, pero por una vez no regateó. Se fijó en los pies de la muchacha, ensanchados por callos de dos centímetros de espesor. En nada parecidos a los lotos marchitos de su madre. Se llamaba Lucrecia. Tenía las piernas largas, las caderas anchas y una cicatriz en forma de estrella en la sien.

—¿Cómo te la hiciste? —preguntó Chen Pan.

—Es propensa a los accidentes —interrumpió don Joaquín—. No se preocupe, sólo es peligrosa para sí misma.

—¿Cómo se llama tu hijo? —Chen Pan trató de mirarla a los ojos, pero tenía la cabeza demasiado gacha.

Don Joaquín cogió al niño y se lo acercó a Chen Pan.

—Mire, nunca llora. En un par de años podrá ponerlo a trabajar. ¡Y luego engendrar unos cuantos machitos con su madre y poblar su propia plantación!

Chen Pan no le hizo caso. Si compraba a la chica y le pagaba un pequeño salario, ¿seguiría siendo una esclava? Podía venirle muy bien tener una mujer en casa, que limpiara y preparase las comidas. Chen Pan estaba a punto de despedir a su ayudante español. Federico Vea sólo trabajaba un número limitado de horas y se negaba a utilizar el ábaco, ya que prefería calcularlo todo con la cabeza. Además, le parecía sospechoso que se equivocara al hablar y se atascara en cada sílaba.

Don Joaquín se aclaró la garganta mientras contaba el dinero de Chen Pan en la sólida mesa de caoba (que al menos costaba quinientos pesos). Luego le dio la escritura de propiedad.

—¡Y ahora lárgate de aquí, chino asqueroso!

Chen Pan se volvió y miró a la muchacha.

—Vamos —dijo.

Lucrecia envolvió a su hijo en un retal de franela y siguió a Chen Pan a la calle. El aire era denso como la pintura pasada. Lucrecia se volvió para mirar el convento, en uno de cuyos balcones había una monja, blanca como la nieve, despidiéndola con la mano. Chen Pan vio un lunar del tamaño de un grano de pimienta en la nuca de Lucrecia, debajo del turbante azul de algodón. Detrás de ella, unas nubecillas se ondulaban en el cielo.

—¿Cómo se llama? —preguntó Chen Pan de nuevo, acercando la cara a la del niño. Tenía los ojos castaños y vivos, dos granos de café.

—Víctor Manuel —susurró la muchacha.

¡Albricias! Quizá, pensó Chen Pan, pudiera pasar por su padre. Enseñó al niño un par de cuervos que había en un árbol del pan, pero Lucrecia le tapó los ojos y se santiguó dos veces. Chen Pan se preguntó qué tonterías le habrían enseñado las monjas. En el Barrio Chino, los misioneros protestantes lo acosaban constantemente con la palabra de su dios, Jesucristo. Pero Chen Pan desconfiaba de toda forma de certidumbre.

Lucrecia lo siguió por las calles, tres o cuatro pasos detrás de él. Los almacenes estaban cerrando para comer. Los ven-

dedores se disputaban la atención de Chen Pan. Mandarinas.
Carne seca de serpiente. Huevos frescos de las afueras de
la ciudad. Uno tras otro, dejaban la mercancía en el suelo y
los miraban mientras él y Lucrecia pasaban por delante.

—¡Idos todos al diablo! —bramó Chen Pan, devolvién-
doles sus apestosas miradas.

La casa de Chen Pan no era bonita, ni por dentro ni por fuera. Vivía en tres habitaciones encima de El Hallazgo Afortunado. Así ahorraba dinero, podía comprar más mercancías y
prestaba a otros chinos por un precio simbólico. Chen Pan
creía que quien sembraba un poco de dinero cosechaba bendiciones. Guardarlo era invitar a la catástrofe. Tenía pocos
muebles: una mesa y una silla de madera, un armazón de cama
con una tabla por somier, una palangana y un sofá de terciopelo desgastado que había encontrado en la calle Manrique.
En la cocina había levantado un modesto altar para Buda.

También tenía una pata domesticada que se llamaba doña
Prohibición. Protegía las vigas comiéndose las termitas y
vigilaba la tienda de Chen Pan por la noche.

—Al mínimo ruido, doña Prohibición se levanta en
armas —decía a todo el mundo—. ¡Es una pequeña guerre-
ra manchú!

—No te comas a la pata —ordenó Chen Pan a Lucrecia
el primer día. Señaló a doña Prohibición—. Esta pata no se
come. —Pero no estaba seguro de que lo hubiera entendido. La joven no había dicho esta boca es mía desde que la
había comprado en la calle San Juan de Dios—. ¿*No entien-
de?* —preguntó Chen Pan con impaciencia.

La joven, por toda respuesta, lo miraba. ¿Qué lenguaje
necesitaría para hablar con ella? Chen Pan le enseñó la cube-
ta con arena donde doña Prohibición hacía sus necesidades.
Había que limpiarla, le explicó, todos los días.

Chen Pan reflexionaba a propósito de que un hombre
podía partir de una idea (como viajar a Cuba para enrique-

cerse y volver a casa convertido en un hombre importante) y terminar llevando otra vida. Aquello nunca habría ocurrido en China. Allí el futuro siempre era una fiel continuación del pasado.

Lucrecia mecía al niño mientras Chen Pan le enseñaba su habitación.

—Descansa —dijo, señalando la cama medio hundida que había junto a la ventana—. Aquí es donde os quedaréis tú y tu hijo. —La mujer se sentó en la cama y sus pechos henchidos de leche tensaron la gasa de la camisa. El niño bostezó con tantas ganas que le tembló la boquita.

Chen Pan bajó las escaleras que conducían a El Hallazgo Afortunado. En su ausencia, el ayudante español había reabierto la tienda y vendido un viejo cuadro mohoso y un mapa del siglo XVII a un turista de Boston. Ciento sesenta pesos por los dos artículos. Chen Pan se sintió satisfecho, aunque sospechaba que Vea se había quedado con un porcentaje. Cogió el dinero y fue al mercado, a un puesto que vendía juguetes y ropa infantil. Chen Pan escogió un tren de madera, un caballo de trapo con una sonrisa pintada, zapatos de piel y un diminuto traje de lino. Ordenó que lo llevaran a su tienda en una hora.

Luego visitó un puesto de telas. *Rudimentos de costura.* Chen Pan trató de recordar todas las prendas de fantasía que había quitado a las putas de la calle Rayos. Vestidos voluminosos con innumerables cintas y lazos. Corsés de raso con ballenas. Enaguas de encaje. Polisones que hinchaban las nalgas. Debajo de todo aquello había pololos y medias de seda enrolladas por encima de la rodilla. Y muchos botones y corchetes que impacientaban a los hombres torpes.

Por suerte para Chen Pan, sus dedos eran diestros. Las mujeres le permitían cosas. Últimamente le gustaban las gordas. En cualquier caso, le fastidiaba tocar costillas. Se iba con las mayores, las de veinticinco años o más. Él no daba doscientos pesos por una virgen, como algunos de sus ami-

gos. Una pérdida de dinero, en su opinión. Las mujeres lo
apreciaban porque no les desgarraba la ropa. Ni las embes-
tía con violencia. Un tigre tierno de China. Nunca dejaba
moraduras.

Compró cuarenta metros de algodón rayado, otros veinte de un raso delicado de color escarlata. Un surtido de encajes y cintas para la ropa interior. Tijeras nuevas. Una caja
de metal con agujas, botones e hilo.

Camino de casa, se detuvo en un restaurante llamado Ben-
dición para comprar pastel de carne, tamales y budín de batata. Chen Pan estaba desconcertado por los nombres que los
cubanos ponían a sus tiendas. La Rectitud. La Buena Fe. Todos
Me Elogian. ¿Cómo podía imaginar nadie lo que vendían dentro? Una vez entró en una tienda llamada La Mano Poderosa y vio que vendían grandes ruedas de queso portugués.

Lucrecia había barrido el piso y estaba cortando una cebolla en la cocina cuando volvió Chen Pan. *Cocina más que
regular.* La observó mientras pelaba y troceaba dos patatas
y las echaba en un puchero de caldo. Al cabo de unos días
le enseñaría a hacer budín de leche para el desayuno. Y en
primavera, cuando los brotes nuevos de bambú llegasen a
La Habana, le enseñaría a cocinarlos en una cazuela de barro
con arroz hervido.

En el dormitorio se oyó un gemido. Lucrecia fue junto
a su hijo y le dio el pecho. El niño chupó con ansia, con el
puño apoyado en el pecho materno en actitud posesiva.
Chen Pan enseñó a Lucrecia lo que había comprado y le alargó una punta del raso para que lo tocara. La mujer no apre-
ció el tejido. Y se quedó mirándolo, apretando los labios con
los rígidos músculos de la cara.

En la planta baja se oyó un fuerte golpe. Era Federico Vea.
El Hallazgo Afortunado estaba atestado de turistas de Ingla-
terra que necesitaban su intervención. A Chen Pan le hacían gracia los objetos que los británicos consideraban valio-
sos: abrecartas de plata con iniciales de un extraño, figurillas

de animales de granja. Daban una compensación especial, al parecer, por cualquier cosa que llevara un cerdo. Se dio cuenta de que tenían los dientes pequeños y musgosos, como los animales de los bosques.

Cuando se fueron, Vea se quejó de que en El Hallazgo Afortunado no hubiera nada que tuviera un precio fijo. ¿Cómo podía esperar que recordara cantidades que cambiaban de hora en hora?

—Esos cerdos que ha vendido usted a cincuenta pesos la unidad valían diez ayer —dijo enfadado.

—¡Claro que han subido! —exclamó Chen Pan—. ¡El precio es lo que ha de pagar el cliente!

Cuando volvió a su domicilio, Víctor Manuel estaba durmiendo. Chen Pan dejó a los pies de la cama la ropa infantil y el caballo de trapo. Lucrecia lo miraba atentamente.

—¿Qué quiere de nosotros? —preguntó. Su voz habría afilado un cuchillo.

—Nada. No quiero nada. —Chen Pan no estaba seguro de que aquello fuera verdad, pero ¿podía dejarlos en libertad sin más ni más?

Lucrecia comió en silencio, sin darle las gracias, y fregó los platos muy tiesa. Luego se durmió, completamente vestida, abrazando a su hijo pequeño, con el áspero cabello desparramado en la almohada. Por una vez quiso que doña Prohibición durmiera sola en la cocina.

Pensó en ir al establecimiento de Madame Yvette. Era jueves por la noche y la voluptuosa Delmira de Güines estaría allí. ¿Y si le regalaba a *ella* el río de raso? Ella sabría agradecérselo. Chen Pan pensó en el olor a tierra mojada de Delmira, en sus pechos incitantes. Lo que más gustaba a Chen Pan era el bálsamo de sus labios reventones recorriendo cada centímetro de su *pinga* antes de tragársela entera.

Por la ventana se veía una radiante media luna. El viento soplaba con fuerza, arrancando las hojas de las palmeras, agitando el cielo. Chen Pan recordó un vendaval terrible que hacía años había cubierto de polvo los trigales de su familia. Aquel mismo día, su padre había dicho que se procuraría una hierba mágica que le hiciera olvidar todo lo que había leído en su vida. Antes de que pudiera probar su eficacia, llegaron los bandidos. Al anochecer ya le habían cortado la cabeza con una espada y la habían paseado clavada en un poste para que la viera toda la aldea.

Cuando se recuerda un viento, pensó Chen Pan con amargura, sopla para siempre.

¿Se había vuelto loco Chen Pan? Pronto corrió el rumor por el Barrio Chino. Durante las semanas que siguieron lo visitaron los otros comerciantes, para tratar de disuadirle de su imprudencia. Chen Pan los escuchaba, los invitaba a vino tibio en El Vaso Sin Fondo a cambio de sus consejos. Pero no cambió de idea.

—¡Demasiado calor bulle en tu cabeza! —le advertía el tendero Pedro Pla Tan. Aconsejó a Chen Pan que consiguiera una mujer adecuada en China o, mejor aún, que visitara el nuevo burdel de la calle Teniente Rey. ¿Por qué buscarse problemas comprando aquella esclava? Había una francesa que acababa de llegar al establecimiento de Madame Yvette, una rubia natural de catorce años que llevaba pantaloncitos rojos de encaje con raja en el centro—. Su cintura es como un rollo de seda recién desembalado —añadió Pedro Pla Tan con un suspiro.

El pescadero, Benito Sook, citó a Confucio, que decía que hasta los sesenta años no le obedecían a un hombre los oídos. Estaba claro, insistía Sook, que los oídos de Chen Pan no estaban cerca de la obediencia.

Sook y los otros comerciantes estaban de acuerdo en que el sentimentalismo de Chen Pan iba a causarle una deformidad. Fijaos, si no, en la cabeza de Evelio Bai, que se había hinchado tanto por culpa de los agasajos que apenas podía tenerla erguida. O en los brazos de Ramón Gu, que se habían estirado de manera antinatural por culpa de la avaricia.

¿Y el triste ejemplo de Felipe Yam, a quien le seguían saliendo bultos en el pecho por pura indolencia?

Sí, decían los hombres, Chen Pan pagaría las consecuencias de aquella decisión. Como mínimo tendría dolores de espalda y vista borrosa, cuello dolorido, mareos, lengua reseca.

La primera mañana que pasó en El Hallazgo Afortunado, Lucrecia derribó un busto de mármol de un general español, obligando al patriótico Vea a dimitir allí mismo. Lucrecia barrió los restos y continuó quitando el polvo de un tenebroso extremo de la tienda al otro. Pero cada vez que se volvía, Lucrecia golpeaba otra reliquia y la tiraba al suelo. Sólo un elefante marroquí de bronce, que cayó inofensivamente de espaldas, se salvó con una pequeña abolladura.

¿Cómo podía ser tan buena con el cuchillo, se preguntaba Chen Pan, y torpe como una vaca en la tienda?

—El aire de aquí está nervioso —dijo Lucrecia, agitando con el plumero el aire cargado y secular. Decía que los objetos del almacén le confesaban sus desgracias. La estatua de la Virgen de Regla aborrecía al escultor borracho que le había tallado una mueca en la cara. Y la mantilla colgada del espejo dorado había pertenecido a una bailarina de flamenco que había perdido la pierna izquierda por culpa de la gangrena.

—¡Necia! —la interrumpió Chen Pan—. ¡Hablar con cachivaches! —Durante días ni siquiera le había dirigido la palabra, ¿y ahora le salía con aquello?

Cuando Lucrecia subió a preparar la comida, Chen Pan acercó el oído a los labios de la Virgen. Pero para él no hubo nada más que un silencio sepulcral.

Una semana más tarde, con las existencias casi hechas pedazos y los chillidos del niño rompiéndole los nervios (también Chen Pan había empezado a derribar y romper antigüedades), preguntó a Lucrecia:

—¿Qué más sabes hacer?

—Velas —dijo. Era un arte que había aprendido de las Hermanas de la Aflicción.

Chen Pan compró todo lo que Lucrecia necesitaba. Había mecha lenta, cera de abejas, tintes, un caldero de cobre, rasquetas y una rejilla de madera para secar. Luego le preparó un taller en la parte trasera de El Hallazgo Afortunado.

Poco tiempo después, Lucrecia vendía sus velas por toda La Habana. Cuando llegó Semana Santa ya confeccionaba velitas de colores pastel sumergiéndolas en vainilla y aceite de rosas. A finales de abril ya vendía unas velas votivas, aromatizadas con azahar machacado, a las que llamaba *velas de amor*. Entre las entendidas de la ciudad corrió el rumor de que las velas tenían efectos estimulantes en la intimidad. Todos los jueves, cuando Lucrecia ponía a la venta la última partida de velas de amor, las mujeres llegaban de todas partes para asegurarse la provisión de la semana.

En junio, Lucrecia anunció a Chen Pan que había visitado al magistrado para hacerse tasar. Chen Pan sabía lo que aquello significaba. Era una coacción. Lucrecia quería comprar su libertad y la de Víctor Manuel.

—Eres libre de irte ahora mismo —le dijo—. No quiero retenerte aquí contra tu voluntad.

Lucrecia no le contestó, pero tampoco se fue. Antes bien, organizó un huerto detrás de El Hallazgo Afortunado. Yuca. Raíz de taro. Guisantes forrajeros. Judías de tres clases. Nada de flores ornamentales. Dijo que cultivaría sólo lo que pudieran comer.

Chen Pan quiso que plantara crisantemos como los que su tía abuela tenía en China. Los crisantemos florecían en otoño y fomentaban la longevidad, le dijo. Su tía abuela había tomado infusiones de vino con sus pétalos de olor dulce y había vivido más de ochenta años.

Lucrecia plantó a regañadientes un macizo de crisantemos para honrar los deseos de Chen Pan, pero las flores se marchitaron pronto con el calor del estío.

Víctor Manuel creció y fue un muchacho fuerte. Empezó a andar a los nueve meses. Un paso, dos pasos y caía hecho un bulto. Nunca se molestó en andar a gatas. Tenía las piernas gordezuelas, con molledos redondos. Vigorosas como dos dinastías, decía Chen Pan riendo. Le gustaba pellizcárselas. A Víctor Manuel le gustaba el sonido de los tambores, del laúd y de las flautas *sheng*, así que Chen Pan pagó para que fueran músicos a tocar por la mañana.

—*Sa! Sa!* —decía Víctor Manuel, imitando al tañedor de laúd, que sonaba como el viento a través de la lluvia—. *Ch'ieh! Ch'ieh!* —gritaba cuando las notas subían tan alto como las voces de los fantasmas cuando están de cháchara. El niño oscilaba y se mecía con las notas crecientes, y lloraba cuando el laudista se iba.

Los sábados, Chen Pan se llevaba a Víctor Manuel a la barbería de Arturo Fu Fon para que le cortaran el pelo y oír los últimos chismes. Víctor Manuel seguía la conversación, mirando a los hombres por turno, como si evaluara su información. Chen Pan estaba convencido de que el muchacho no tardaría en hablar en un chino perfecto.

—¿Un chino perfecto con ese puñado de cabezas lanudas? —decía riendo Arturo Fu Fon, cruzando las manos sobre su generoso estómago—. Pobre grillo. ¿Quién hablará con él cuando ya no estemos?

En la barbería eran muy aficionados a hablar de catástrofes navales. Especulaban sobre la suerte del *Flora Temple*, que había naufragado con ochocientos cincuenta chinos a bordo. O del *Hong Kong*, que encalló cuando los peones contratados le pegaron fuego. El caso más misterioso era el del *Fresneda*. Poco después de zarpar de Macao, la fragata desapareció. Meses después, la marina británica lo encontró yendo a la deriva ante las costas de Filipinas con ciento cincuenta esqueletos a bordo.

—Debieron de comerse unos a otros cuando no quedó nada para comer —dijo Arturo Fu Fon, deslizando la navaja por la mejilla del velloso Tomás Lai.

—¿Y no tendría que haber quedado alguien después de chupetear todos los huesos? —preguntó Eduardo Tsen. Había ido a la barbería sólo para discutir.

—Hoy un hombre, mañana una cucaracha o un fantasma hambriento —predijo Salustiano Chung desde debajo del gorro de gasa. Luego se volvió a Chen Pan con una sonrisa—. Y usted ¿qué opina, señor Chen?

Todo el mundo se echó a reír. Era un latiguillo muy gastado ya.

—Como dijo el gran filósofo Lao-tse —comenzó Chen Pan—, los que hablan no saben nada. Los que saben guardan silencio.

—¡Sí, y los que hablan de las virtudes del silencio son unas cacatúas! —exclamó Arturo Fu Fon.

Cuando se olvidaban de los naufragios, hablaban con nostalgia de la madre patria. El más humilde chino de Cuba sabía de memoria el poema de Li Po.

> *Delante de mi cama*
> *brilla el claro de luna*
> *semejante a la escarcha*
> *que cubre la tierra.*

> *Levanto la cabeza*
> *y veo la brillante luna,*
> *bajo la cabeza*
> *y sueño que estoy en mi casa.*

Casi todos los amigos de Chen Pan habían sido agricultores en China y ninguna emoción ciudadana podía reemplazar los tranquilos placeres de trabajar la tierra. Chen Pan, sin embargo, no sentía ni pizca de nostalgia. Estaba muy agradecido a Cuba por aquello, por verse libre, al fin, de los implacables ciclos de la tierra. En su juventud iba con libros y una azada. Prefería los libros.

Cuando era pequeño, los ancianos de su aldea predecían cómo iba a ser la cosecha leyendo el movimiento de las alubias que arrojaban al aire, o hinchando arroz en una sartén de hierro. Escuchaban el timbre del trueno que unía el año viejo con el nuevo y luego pronosticaban. Pero no había predicciones sobre la inconstante proporción de sol y lluvia, ni sobre la continua aflicción de las inundaciones. Y los capotes de corteza de palma los protegían mal del clima. En las malas épocas, se vendía a los niños para pagar el alquiler y todo el mundo masticaba trigo cocido para matar el hambre.

Chen Pan no creía ya en demonios que destruían la cosecha, ni que la comida que mejor sabía fuera la trabajada con el propio esfuerzo. Prefería cenar una simple patata asada a resignarse a la impredecibilidad de la tierra. Asimismo, prefería sobornar semanalmente al policía cubano (una suma más bien modesta a cuenta de los Santovenia) a entregar todas sus tierras a los recaudadores de impuestos del Emperador.

El cumpleaños de Víctor Manuel coincidió con el Año Nuevo chino. ¿Podía haber más suerte? Un niño gordo, pardo y saludable. Había petardos y buscapiés por todas partes. Pirámides de naranjas y granadas. Un traje de raso rojo cosido para él con hilo de seda y borlas. Un bastoncillo de jade para asegurarle un porvenir sabio.

Chen Pan organizó un banquete en honor del niño, invitando a todos los hombres importantes del Barrio Chino. Llegaron en lenta procesión, como elefantes altivos. Benny Lan y Lisardo Hu, que eran propietarios del restaurante más grande de la calle Zanja. Marcos Jui, el vendedor de comestibles de más éxito. Y, por supuesto, el barbero Arturo Fu Fon. Chen Pan dio la bienvenida a sus numerosos hermanos de la asociación de comerciantes: Juan Yip Men, Lázaro Seng, Feliciano Wu, Andrés Tang, Jacinto Kwok. Incluso el conde de Santovenia pasó por allí con un regalo.

Bajo el resplandor de las linternas de colores se sirvieron platos especiales. Pichones fritos. Langosta picada. Medusa con pepinos. Sopa de aleta de tiburón. Puré de alubias rojas. Lichis traídos de China. Chen Pan ofreció a sus invitados agua dorada hervida para brindar porque continuaran prosperando, les ofreció bendiciones para que durasen mil años. Arturo Fu Fon propuso un brindis:

—¡Que la muerte tarde en llegar pero sea rápida cuando por fin llegue!

Los hombres comieron y bebieron, eructaron y rieron hasta que les lagrimearon los ojos; brindaron por sus privaciones, por su buena suerte, por los muchos nietos que esperaban que los rodeasen en la vejez. Ninguno, sin embargo, tuvo corazón o mala fe para recordar a Chen Pan que Víctor Manuel no era en realidad hijo suyo. Que él, en realidad, no tenía ningún hijo.

Después de cenar, se acomodaron para contar anécdotas. Lázaro Seng habló de un tío suyo que había curado la disentería de su madre haciendo un caldo con carne de su propio muslo. Jacinto Kwok recordó que a un vecino de su aldea lo habían desollado vivo por abofetear a su madre y que a otro lo habían desterrado simplemente porque lo había querido su padre. Sólo en China, dijeron todos, se vivía como es debido.

Oyendo a sus amigos, Chen Pan se preguntaba si seguía siendo auténticamente chino. Era cierto que había abandonado el miserable trigal que tenía en la otra punta del mundo, pero en diez años se había construido una nueva vida con trabajo e ingenio. Lo único que Chen Pan sabía de fijo era que el destino de un hombre puede cambiar en una noche; sólo las montañas son siempre las mismas.

Una epidemia mortal azotó La Habana el otoño siguiente. La mitad de los vendedores callejeros del Barrio Chino murieron en menos de una semana. La gente culpaba al río que cruzaba la ciudad, siempre con suciedad y cadáveres flotando. Los ricos huyeron a sus casas de campo para evitar todo contacto con los pobres. Pero la epidemia no hacía distinciones entre ricos y pobres.

Una mañana, en la espalda de Víctor Manuel brotó una erupción semejante a un fino brocado y la barriga se le puso hinchada y dura como un melón. Chen Pan corrió a buscar al médico de S***. Cuando regresaron, el niño tiritaba y tenía el pantalón corto empapado de sangre. El médico hirvió un puchero de raíces olorosas y sostuvo a Víctor Manuel encima del vapor. Le recetó una bebida de zumo de limón y jarabe de caña.

—Velaré por ti como un fantasma —prometió Chen Pan en chino. Colocó una red de pescador sobre la cama de Víctor Manuel para que, mientras durmiera, su espíritu no pudiera abandonar su cuerpo. Pero a pesar de la vigilancia de Chen Pan, el espíritu del niño parecía escaparse a pequeñas rachas.

A medianoche, Chen Pan acercó el oído a la boca de Víctor Manuel. Ni el menor soplo de aire. Lo estrechó contra su pecho, introdujo su propio aliento en los pulmones del niño. ¿Cómo era posible? Chen Pan rezó a Buda, suplicándole una hora más con su hijo. Cuando no se respeta la naturaleza, pensaba Chen Pan llorando, el corazón se queda vacío, la noche dura más que el día.

No hay claridad tajante cuando el dolor empaña el corazón y las lágrimas que oscurecen mis ojos no se secan con el polvo, pero sigo incubando el vacío, la ausencia de bienaventuranza, negra, negra esta vida sin hijos que tengo por delante.

Al día siguiente aparecieron los misioneros protestantes, esgrimiendo Biblias y explicaciones. Chen Pan les gritó que se fueran.

—Su dios debe de estar solo en el cielo —dijo Lucrecia cuando se marcharon los misioneros—. ¿Quién puede amar a un amo así? —Se quedó al lado de Chen Pan muchos días, ni llorando ni rezando, sólo estando.

En la barbería, los amigos de Chen Pan no sabían cómo consolarlo. En consecuencia se pusieron a hablar de la guerra con España. Carlos Manuel de Céspedes, un respetado terrateniente, había liberado a sus esclavos para que se unieran a la lucha. Otros lo imitaron. Chen Pan recordó las levas forzosas de China, los jóvenes enviados lejos, al norte, a tierras de inviernos interminables y osos rugientes.

Sus amigos comentaron con admiración las hazañas del capitán Liborio Wong, el médico botanista chino que había ayudado a reconquistar Bayamo durante las primeras semanas de la guerra. La valentía del oficial Sebastián Sian, que según decían había matado a tres españoles, ¡po! ¡po! ¡po!, con la empuñadura de la espada. Ya se imaginaban metidos en la batalla, cabalgando a lomos de sementales con bridas de oro. Y hablaron de hacer copas con las calaveras de los enemigos, como sus antepasados habían hecho con Yüeh-chih, el derrotado rey de la época Han. Y de disparar con tanta puntería que hasta los mismos pájaros tuvieran miedo de volar.

Pero ni uno solo se unió a la lucha.

—Lo más grande no es la fama ni la fortuna, sino la resistencia —dijo Arturo Fu Fon—. En Cuba basta para seguir viviendo.

Chen Pan apenas comió ni durmió durante diez días. Pensó en abandonar la isla. ¿Para qué servía, si ni siquiera era capaz de salvar a un niño indefenso? Chen Pan había oído hablar de otros chinos que navegaban por Indonesia,

trabajaban en las minas de Sudáfrica, construían los ferro-
carriles que atravesaban Norteamérica. Trabajo duro que no
dejaría tiempo para la aflicción.

Al menos en Cuba hacía buen tiempo en todas partes y
sabía que era imposible pasar hambre. Se palpó los músculos de las piernas. Se habían reblandecido demasiado en La
Habana, siempre cargando con los objetos delicados de la
tienda. ¿Podría recuperar la fortaleza de la selva? ¿La fortaleza imprescindible para la batalla?

El undécimo día, Chen Pan dejó a Lucrecia al frente de
El Hallazgo Afortunado. Se dirigió con paso decidido a la
calle Muralla, compró cincuenta machetes y contrató un
carro de dos caballos y un carretero. Luego, a pesar de las
objeciones de Lucrecia, Chen Pan se dirigió al este, hacia la
guerra, para entregar los machetes al comandante Sian.

El reino medio

Chen Fang

Shanghai
(1924)

En la aldea de montaña en que crecí, mi madre fumaba opio. Mi madre se había acostumbrado al dinero que mi padre, Lorenzo Chen, solía enviarle desde Cuba. Mis dos hermanas mayores se casaron pronto y se fueron a vivir a casa de los maridos. Son mujeres tradicionales que obedecen a sus hombres y a sus hijos mayores. Tienen los pies vendados y nunca viajan lejos.

Yo no soy como mis hermanas. Cuando nací, la comadrona, con la sangre del parto hasta los codos, anunció:

—¡Otra que comerá arroz!

Mi madre estaba tan abstraída que me dejó caer de cabeza. Se me hinchó la frente y cogí fiebres, pero seguí con vida. Aquella misma noche murió mi abuela. Madre pensó que yo daba mala suerte y se negó a darme de mamar. En vez de leche materna, me dieron leche de vaca. Es la razón por la que crecí tan obstinada.

Mi hermana mayor tenía tres años cuando nuestro padre se fue de China para siempre. La primera hermana decía que recordaba que su cabello olía a naranjas. Padre había dejado sus viajes para estar presente en la celebración de la Luna Nueva después de mi nacimiento, y se levantó una pirámide de naranjas en mi honor. Madre me había vestido de rojo y oro, y celebró una fiesta que duró tres días. Le había dicho a padre que yo era un chico.

Todos los aldeanos se lo creyeron. Otra hija después de tantos años ciertamente significaba mala suerte. Pero nadie quería que mi padre se retractara de su promesa de construir otro pozo para la aldea. Yo ya no recuerdo cómo era mi padre. Volvió a Cuba cuando yo tenía cuatro meses. Tenía ya otra esposa, una vendedora de sopa que había conocido en las calles de Cantón. Juntos abandonaron China en un buque mercante.

Tuve mucha libertad de pequeña. Madre me vestía como un chico, me trataba como a un chico, y pronto todo el mundo pareció olvidar que era una chica. No me vendaron los pies y me permitían jugar con los niños revoltosos que cazaban abejas en los campos. No ayudaba en la cocina. No aprendí a coser. Y sólo yo, entre todas mis hermanas, fui a la escuela. Mi padre enviaba dinero aparte con este objeto, educar a su hijo mayor.

«No quiero que labre la tierra como un campesino», escribió. Y así fue.

En la escuela elogiaban mi caligrafía. Entendía intuitivamente el equilibrio y la presión del pincel, las imágenes precisas que evocaban ambos factores. Uno de los primeros caracteres que aprendí fue el que representa la casa. A mí me parecía un cerdo bajo un techo. Su objeto es comunicar satisfacción.

Mi padre era muy metódico en los envíos de dinero. Durante los años malos teníamos arroz y panecillos cocidos al vapor, y algo de carne para comer. Recibíamos dos cartas suyas al año. Los sobres estaban adornados con bonitos sellos de colibríes rojos, palmeras esqueléticas y hombres de barba poblada. Mis hermanas y yo presumíamos de los sellos ante los otros niños de la aldea.

Un día nos envió una foto de nuestro abuelo, Chen Pan. Había oído muchas anécdotas acerca de él. Que lo habían secuestrado en China y que había trabajado como esclavo en Cuba, en una granja muy grande. Que había escapado después de matar a tres hombres blancos. Que había sobrevivido durante años escondido en el bosque, comiendo sólo animales sin pelo que saltaban entre los árboles. Que se hizo rico por salvar el honor de una señora española, aunque no llegó a casarse con ella. Que, milagrosamente, aún estaba vivo.

—¿Podré conocerlo algún día? —pregunté a mi madre.

Pero no quiso contestarme, perdida en el humo azul y dulzón.

Desde muy pequeña soñaba con escapar, con irme a Cuba con mi padre. Madre decía que me parecía a él, sobre todo cuando era desgraciada. Mis labios se fruncían y la cara se me arrugaba del modo más desagradable. Madre me enseñó la foto de su boda. Los dos posan formalmente en un banco lacado y flanqueado por dos jarrones de crisantemos. Padre es alto y delgado y su piel es de un moreno descolorido.

Los aldeanos murmuraban de su madre, decían que había sido esclava en Cuba antes de pescar a un chino de pura cepa. Decían que allí todos los esclavos trabajaban en los campos de caña más que los animales, que cocían carne humana los días de fiesta y después se reunían alrededor de las ollas humeantes y tocaban cien tambores.

Había más anécdotas sobre Cuba. Que había que limpiar los caminos de peces que llovían durante las tormentas, antes de que se pudriesen. Que las semillas caían un día en la tierra y al siguiente habían germinado. Que el oro abundaba tanto allí que los cubanos lo utilizaban para hacer botones y palos de escoba. Y cuando a una mujer le gustaba un hombre, se lo comunicaba con el abanico. En La Habana, las mujeres elegían con quién se casaban y cuándo.

Todo lo que oía acerca de Cuba hacía que mi cabeza se llenara de sueños. ¡Con qué desesperación quería ir!

Cuando cumplí nueve años, el maestro de la aldea informó a mi madre de que me había enseñado todo lo que sabía. Le suplicó que me enviara a una academia masculina que estaba a varios días de viaje en carro y en tren. Era una escuela tradicional, a la antigua, antaño famosa por preparar estudiantes para los exámenes imperiales.

Madre escribió a mi padre, solicitándole que decidiera. Aquel verano, mi padre se comprometió a enviar dinero para otros diez años de estudios. Estoy casi segura de que no lo hubiera prometido si hubiera sabido que era una chica. Pero lo cierto es que debo a su generosidad todo lo que soy.

Fui la mejor estudiante del internado. Sobresalía en matemáticas y filosofía confuciana y aprendí inglés y francés. No era fácil disimular mi sexo. Llevaba el cabello muy corto y adoptaba unos modales bruscos, pero mis manos y mi cuello eran demasiado delicados para ser de un muchacho. Mi tamaño me ayudaba. Era una cabeza más alta que muchos estudiantes y no me daba miedo pelear.

En la primavera de mi decimoquinto año, el profesor de literatura, el señor Hou, nos llevó a doce estudiantes a Cantón, para ver la ópera y visitar lugares históricos. Una mañana corrió el rumor de que un estudiante había descubierto un burdel para clientes vírgenes. Bueno, ¡todos los estudiantes dejaron los libros y salieron de la casa detrás de él!

El burdel estaba en una sencilla casa de madera, no muy lejos del mercado. De las paredes colgaban largos rollos de seda pintada, uno con un idílico desfiladero. Una suave brisa agitaba la seda.

Uno tras otro, fueron conduciendo a mis compañeros de clase a la misma habitación sórdida. Era lo bastante grande para contener un colchón plegable y una bandeja con té humeante. Nadie estuvo dentro más de unos minutos. Todos los muchachos, al salir, fingían estar más encantados que desconcertados.

Cuando me llegó el turno, me sorprendió ver la esbelta espalda desnuda de una chica no mayor que yo. Llevaba el pelo recogido y sujeto descuidadamente con pasadores de jade. Se volvió hacia mí. Sus ojos eran de un negro manchado, sus labios reflejaban el color del atardecer. Incluso en las sombras deformantes de la habitación me pareció hermosa. *Encantadora como una flor nacida de las nubes.*

Abrió la boca y sacó la lengua. Me aproximé lentamente. Me cogió la mano y se la llevó al pecho. Sentí una sacudida. Luego me tocó entre los muslos.

—¿Quién eres tú? —me preguntó con brusquedad, apartando la mano.

—Una chica —le dije—. Por favor, no se lo digas a nadie.

Nos quedamos en silencio un rato.

—¿Por qué estás aquí?

—Todos piensan que soy un chico. Es la única forma de estudiar.

Ante mi sorpresa, la chica dio unas palmadas en la cama, a su lado.

—Quédate un rato —dijo—. Así los demás pensarán que eres un hombre. —Se le escapó una risa infantil.

Le miré la boca, los dientes pequeños y desiguales. Me devolvió la mirada y se quedó en silencio de nuevo. Su respiración era lenta y regular. La mía rápida y entrecortada.

—¿Te gusta ser un chico? —preguntó.

—Es lo único que conozco —respondí.

Volvió a cogerme la mano, apretándola con fuerza mientras esperábamos en silencio. El aire tenía un olor espesamente dulzón.

Finalmente llamaron a la puerta. Me levanté, hice una profunda reverencia y salí.

Mi madre me envió una carta aquel otoño.

«Ven —decía—. No hay más dinero para estudiar.» Había una guerra en Occidente y los envíos de mi padre habían cesado. Ya era hora, añadía, de que me casara.

Madre me había prometido a un joven que vivía a dos días de viaje, al norte de la aldea. Para explicar mi ausencia, había dicho a su familia que estaba fuera ayudando a un pariente enfermo de la ciudad. Iban a darnos una buena dote, escribía mi madre, suficiente para que ella estuviera bien atendida durante su chochez. Pero yo sabía adónde iría a parar el dinero de mi dote: a una nube de opio.

Me quedé mirando la tinta negra que manchaba el burdo pergamino. Volví a pensar en huir a Cuba, pero no tenía dinero y mi padre sólo sabía que yo era un muchacho inteligente. La carta tenía la caligrafía del escriba local. La aldea conocía los asuntos de todos a través de él. Vivía en una choza, al lado de un arroyo, en un saliente de la montaña. Todo el mundo decía que los demonios del agua residían allí.

Al otro lado de la ventana de mi dormitorio había un viejo roble, con las hojas manchadas de rojo por lo avanzado de la estación. El invierno anterior, un chico de sexto año se había ahorcado en el árbol por suspender los exámenes finales. Recordaba lo apacible que me había parecido agitándose en el viento. Me imaginé subiendo a la misma rama, cuerda en mano, invocando fantasmas de difuntos para fortalecerme. Luego el repentino apretón en el cuello, el último jadeo, la liberación y las tinieblas.

Tenía dieciséis años cuando volví a casa y me casé con Lu Shêng-pao. Su familia tenía una casa grande, con pinos que cantaban los días ventosos. No fue fácil convertirse en mujer. No estaba preparada para servir té ni para hacer con gracia las cortesías habituales. No sabía cocinar y cosía peor. Tenía el cabello ondulado y difícil de domar.

Lo peor de todo era que no tenía los pies vendados. Mi suegra se burlaba de mí por ello.

—¡No habríamos pagado tanto por ti si hubiéramos visto esas toscas pezuñas!

Esto he de decirlo. No hay trabajo más duro que ser mujer. Lo sé porque he fingido ser hombre mucho tiempo. Esto es lo que hacen los hombres: fingir ser hombres, ocul-

tar sus debilidades a toda costa. Un hombre preferiría morir
o matarse a sufrir vergüenza. A las mujeres no se les per-
miten estas fanfarronadas, sólo trabajar.

¡Qué triste es ser mujer!
Nada en la tierra es tan barato.
Los muchachos se apoyan en la puerta
como dioses caídos del cielo.

Lu Shêng-pao era el tercero de cuatro hijos. Trabajaba en
la tienda de telas de su padre, pero no sentía pasión por aquello. Tras el biombo de papel de arroz de nuestro dormitorio,
le gustaba leer y dibujar. Tuve suerte. Lu Shêng-pao era poco
exigente conmigo. La primera noche que pasamos juntos
plantó su semilla en mí una vez y no volvió a intentarlo.

Mi suegra llevaba un minucioso calendario y pronto
anunció durante la comida que mi sangre menstrual se había
interrumpido. Miré por la ventana. El jardín brillaba con las
peonías, cuyos tallos se combaban vencidos por las abundantes flores. Pensé que las flores en plena floración estaban más prontas a morir. El sol se estaba poniendo. El horizonte separaba limpiamente los vivos de los muertos.

La noticia del embarazo aumentó mi valor a los ojos de
la familia de mi marido. Una nuera tan fértil trae buena suerte, significa que los dioses han sancionado el enlace. Antes
de mi llegada, la suerte de la familia no había sido buena.
La mujer del primer hermano había muerto de tisis. Y la
mujer del segundo hermano encajó desprecios interminables después de siete inviernos sin hijos.

Durante los primeros meses de embarazo estaba tan mal
y desesperada que sólo comía un poco de arroz seco. Todos
los días parecían pesados y grises, como si el cielo hubiera
bajado los aleros.

Una tarde, Lu Shêng-pao trajo a casa un paquete de hierbas que dijo que me asentarían el estómago. Él mismo pre-

paró la infusión, algo que nunca había hecho, y me la sirvió en una elegante taza de porcelana. Luego me puso una manta en las rodillas. La infusión estaba muy caliente y olía bien, como un prado con flores silvestres. Pareció correr por todos los rincones de mi cuerpo, calentándolo, hasta que empecé a amodorrarme y me quedé profundamente dormida.

Aquella noche me levanté con un fuerte dolor bajo la cintura. Me quejé y me doblé, sintiendo algo pegajoso en los muslos. ¿Dónde estaba mi marido? Encendí la lámpara con manos temblorosas y vi que nuestra cama estaba empapada de sangre. Grité, despertando a toda la casa.

Mi suegra irrumpió en el cuarto y me ayudó a tenderme en la alfombrilla.

—¡No te muevas! —ordenó, y desapareció en la oscuridad. No sé cuánto tiempo tardó en regresar con el soñoliento herbolario.

Liang Tai-lung me puso un emplasto húmedo entre las piernas y me lo ató a la cintura con una venda. Luego me roció el fondo de la lengua con un polvo amargo. Cuando se acercó a la nariz los restos de la infusión de mi marido, se llevó a mi suegra aparte. Mi suegra se volvió hacia mí y me dio una fuerte bofetada.

—¡Cómo te atreves a matar a mi nieto! —rugió. Se negó a escuchar mis explicaciones.

Permanecí echada en la alfombrilla del suelo durante meses, incapaz de moverme. Mi suegra enviaba a la criada a cambiar el emplasto y a vaciar el orinal, que inspeccionaba atentamente. Me traía la comida ella misma, asegurándose de que la engullía toda. Caldos nutritivos de hígado de pollo y brotes de bambú. Estaba decidida a que viviera lo suficiente para parir a su primer nieto.

Le pregunté por Lu Shêng-pao, pero no quiso responderme. Más tarde supe que lo habían enviado al sur por asuntos de su padre.

Cuando mi barriga creció tanto que me sentía como si me hubiera tragado la luna, vino la segunda hermana a visitarme. Había recorrido un largo camino, con mucho padecimiento para sus pies de loto. Mi suegra recelaba de su visita, pero permitió que nos sentáramos juntas en el porche. Ella también se sentó allí cerca, bordando una almohada de seda para el niño.

Era un día borrascoso y los pinos cantaban como la heroína de la ópera que había oído en Cantón. Los pájaros volaban en todas direcciones. El viento agitaba el bordado de mi suegra. Cuando entró en la casa a buscar más hilo, mi hermana me dio a escondidas una carta de mi antiguo profesor. Luego me besó en la mejilla y se fue. No volví a verla.

Esperé a que todo el mundo estuviera dormido para sacar la carta del vendaje. El profesor Hou me había recomendado para un puesto docente en una escuela para extranjeros de Shanghai. Tenía que presentarme al comienzo del Año Nuevo, cuatro meses más tarde. No podía ni respirar. Tenía que salir de allí, me dije. Pero ¿cómo?

Durante la semana siguiente, cada hora me pareció un día y cada día un año. Me volví más torpe de lo habitual en la cocina y tiré sobre mis pies una bandeja de espárragos al vapor. Mi suegra cada vez estaba más preocupada. Me llevó a una adivina, ciega y decrépita, que se había especializado en predecir el sexo del feto en un caparazón de tortuga agrietado.

—Te nacerá un hijo varón —predijo—. Gobernará sobre mucha gente con el sol en la espalda. Pero deberás abandonarlo después del primer mes. Tal es la voluntad de tus antepasados.

Poco después del nacimiento de Lu Chih-mo, mi suegra me retribuyó generosamente para que abandonara su casa. Me fui sin más dilaciones y subí al tren de Shanghai. Tenía el pecho dolorosamente duro, goteante de leche no bebida.

¡Cuántas veces he lamentado aquella decisión! Trataba de no pensar en mi hijo, en su mano infantil alrededor de mi dedo, en sus involuntarias sonrisas mientras dormía. Su rostro era pálido, una luna misteriosa y pequeña. Creí que me alegraría de abandonarlo, de buscar mi libertad. Pero la verdad es que no cesaba de tragar lágrimas de hiel.

Estuve a punto de volver al lado de Lu Chih-mo en varias ocasiones. Compraba billetes de trenes a los que no subía, me imaginaba que volaba sobre el país desgarrado por la guerra y que me lo encontraba jugando con una cuerda de nudos al pie de los pinos. Pensé en secuestrarlo, en llevármelo a Shanghai. Pero me di cuenta de que me resultaría más fácil ver el Paraíso que volver a ver a mi hijo.

En Shanghai tuve suerte. No oculté mi sexo y aun así los extranjeros me contrataron, gracias a las amables palabras del profesor Hou.

Enseño literatura china clásica y moderna. Mis alumnos son hijos de diplomáticos e industriales: niños franceses, niños ingleses, también niños de familias ricas chinas. Paso por viuda. Digo que no tengo hijos. Y así la gente no se mete en mi vida.

Los monos

Meseta central de Vietnam
(1969)

Rabo mono amarra mono

Domingo Chen estaba de guardia aquella noche. Solía presentarse voluntario para aquel turno, ya que prefería la oscuridad a la incómoda convivencia diurna. Estaba apostado tras el montoncillo de barro rojo, con el engrasado M-16 en las manos, la palabra BINGO garabateada en el chaleco antibalas. Una luna en forma de hoz jugaba al escondite en la frondosa techumbre de la jungla. No había estrellas. No había manera de leer en el cielo con precisión. Podía haber amado aquel cielo en otro momento, desde otra perspectiva.

Estaba atento a los rumores de las pesadillas que tenían lugar en los refugios, hombres gritando en sueños, el miedo apretándoles el cuello con un alambre. Hacía poco habían estado hablando con voz amodorrada de los monos de nariz respingona que empezaban a aullar cuando el clima cambiaba; los campesinos los cazaban y vendían los cráneos como recuerdos de guerra. Los *paleros* de Cuba, recordó Domingo, iban tras el cráneo de los suicidas chinos, para hacer maldiciones y hechizos.

El día había sido un infierno. Aquella tarde de laca tórrida, Danny Spadoto había pisado una trampa bomba y saltado en pedazos, como si solamente una vaga idea hubiera tenido unidas sus partes. Spadoto había sido un silbador soberbio, un genio de boca fruncida. Después de varias cervezas aceptaba peticiones, podía repetir *September Song* de Sinatra, nota por nota. Había sido un mocetón de mejillas carnosas y fluorescentes; un tipo alegre, incluso en la guerra. Domingo se preguntaba si Spadoto había sido alegre porque sabía mucho más que nadie o porque sabía mucho menos.

Durante la comida habían intercambiado el rancho (las rodajas de cerdo de Spadoto por el cordero de Domingo) y Spadoto había dado a Domingo la dirección del mejor chocho de Saigón. *Le huelen los pelos a coco, tú*, le había prometido, dejando escapar un silbido de admiración. Domingo había mirado la información garabateada por el otro: Tham Thanh Lan, calle Nguyen Doc 14. Dos horas más tarde, agitaba un árbol del pan para que cayera el torso de Spadoto. Domingo comprendió entonces que pasaría el resto de su vida tratando de volver a andar normalmente, tratando de olvidar aquella forma de andar a cámara lenta, para no pisar las minas antipersona.

Por la tarde, mientras avanzaba por un sendero invadido por las enredaderas, con una lluvia pegajosa como el agua de arroz, la compañía había ido a parar a un campo de flores blancas. Domingo aspiró el aire. Olía a sal marina, aunque no estaban en absoluto cerca del océano. El explorador vietnamita, un hombre de cara cuadrada al que todo el mundo llamaba Lenguado, había dicho que las flores brotaban una vez cada treinta años. Verlas, y en tal profusión, significaba suerte excelente. Ante la sorpresa general, Lenguado empezó a comerse las flores, que estaban saladas y curiosamente saciaban la sed. Sal de la jungla. Domingo se metió una en la boca. Entonces se apoderó de él una serena euforia que duró hasta el ocaso.

Domingo frotaba abstraído el cargador del M-16 mientras observaba atentamente la bruma de la jungla. La lenta mancha de la noche se filtraba en su piel. Pensaba en que sus manos no eran suyas desde hacía casi un año, en que no habían tocado una conga ni a una mujer en todo aquel tiempo. En que se habían dedicado casi en exclusiva a arrancar insectos de la piel.

Pronto haría un año desde la muerte de papi. Domingo había visitado su tumba en el Bronx antes de partir hacia Vietnam. Había rociado la parcela con agua fresca, quemado incienso y un puñado de billetes nuevos de dólar, y dejado una caja de papayas que había comprado en una bodega portorriqueña. Había donado todas sus posesiones, salvo unas gafas que habían pertenecido a su bisabuelo, Chen Pan. Domingo prometió que volvería al cabo de un año para completar los ritos tradicionales. Pero sabía que sólo el miedo hacía promesas.

Domingo trató de evocar imágenes de su padre. Papi a orillas del río Guaso, guiando la caña de pescar de Domingo.

—Sujeta la caña, hijo. Espera a que el pez muerda el anzuelo.

Los dedos de su padre doblando el borde de la masa o limpiando un puñado de gambas. Los mismos dedos masajeándole la cabeza, *para que el cerebro te trabaje mejor*. Las guayaberas azules de papi (siempre eran azules) colgando de sus hombros esqueléticos. El fuerte brillo de los zapatos americanos que había comprado en la base naval. Su forma infantil de chupetear los cigarrillos.

A continuación aparecieron las imágenes en las que Domingo no quería pensar. Papi temblando al borde del andén del metro, con su traje de lino blanco. La llegada del hombre con la camisa roja (es lo que decía el informe de la policía: muchos detalles pero ninguna explicación) para preguntarle la hora. Las ruedas metálicas del tren que bajaba en dirección sur. Al sur, pensó Domingo, el tren iba hacia el sur.

La muerte había tentado a su padre como un ataque de religión que llega con una camisa de fuego. Domingo imaginó la expresión de su rostro al tirarse a las vías del metro, purificado, inquebrantable y creyendo... ¿creyendo qué? Todo lo que Domingo había hecho desde entonces había pasado por el filtro de aquella expresión.

Papi le había enseñado que el peor pecado que podía cometer el hijo de un chino era descuidar a sus antepasados muertos. Domingo recordaba la historia de su bisabuelo, que se había ocultado en la selva después de escapar de la plantación de azúcar. Cuando su madre había muerto, en China, su espíritu había cruzado el Pacífico, planeado sobre las Rocosas y las Grandes Praderas, y bajado por el húmedo pulgar de Florida hasta Cuba, en busca de su hijo. Se había convertido en búho y había seguido a Chen Pan durante casi un año, alborotando, ululando, perturbando su sueño. Incluso le había impedido que proyectara sombra.

¿Podía aquello pasarle a él?, se preguntaba Domingo. Encendió un porro y observó la sombra de la mano que ocultaba la llama. Si no había sombra, razonó, no había cuerpo y estaría muerto.

Se apoyó en un saco terrero y observó el cañón del fusil. No lo había utilizado mucho, había preferido dejar las municiones para los compañeros que disparaban con más entusiasmo. Además, los oídos le sangraban cada vez que disparaba un tiro. Lo que más miedo le daba era que en el calor del tiroteo, sus compañeros lo confundieran con un vietcong y lo mataran. Muchos recelaban de él. Con aquel acento pesado y aquella piel morena, ¿cómo podía ser americano?

En Cuba nadie le preguntaba nunca de dónde era. Si vivías en Guantánamo, normalmente eras de allí, desde hacía varias generaciones. Todos sabían quién eras. Eso no significaba que fueran buena gente. El enemigo infantil de Domingo, Héctor Ruiz, solía provocarlo diciendo que sus ojos de chino torcían todo lo que veía. Domingo era más bajo que Héctor, pero se peleaba con él siempre. Ahora se preguntaba si Héctor no habría tenido razón desde el principio: si su mundo no estaría intrínsecamente torcido.

Aquella noche, el teniente había ordenado que no hubiera helicóptero para no delatar la presencia del campamento. ¿Por qué levantar polvo sin necesidad? Los helicópteros, según él, sólo eran buenos para transportar municiones y comida, o para llevarse a los hombres cuando las cosas se ponían difíciles. El teniente quería además que nadie hiciera nada, a pesar de que los mandos presionaban para que hubiese más bajas enemigas. Los hombres estaban agradecidos al teniente por su sensatez. Nada peor, pensaba Domingo, que un oficial al que realmente le gusta su trabajo. Lo mismo cabía decir de los sargentos y de los soldaditos.

Domingo había tenido suerte hasta el momento. En mayo había irrumpido en un templo con dos soldados. Un monje apergaminado rezaba doblado por la cintura. Entre los dientes tenía un cable conectado a un Buda cargado de explosivos. Domingo estaba a unos metros cuando el monje saltó en pedazos, pero apenas sufrió unos rasguños. Después de aquello todo el mundo dio por sentado que tenía una suerte bárbara, y el instinto más fino que una antena.

Domingo se había salvado tantas veces por los pelos (la granada de mano defectuosa que había aterrizado a sus pies, la trampa bomba mal puesta, la bala del francotirador que le había rebotado en el borde del casco) que los otros soldados empezaron a pegarse a él como el plástico de envolver. Se llegó al extremo de que nadie se atrevía a cruzar un arrozal sin preguntarle antes. Domingo guardaba las gafas de su bisabuelo en un bolsillo del chaleco antibalas. Sospechaba que eran su talismán.

Pero cuánto le duraría la suerte era motivo de profundas especulaciones. Lester Gentry, que había sido corredor de apuestas con su padre, todos los días organizaba apuestas por aquel asunto. Incluso Domingo apostaba por sí mismo de vez en cuando. Si, de hecho, era invencible, quería un poco de acción. Un mes antes, Lester había ametrallado a una vieja y a dos niños en una choza, con el arroz todavía caliente en los tazones. Desde entonces, para olvidar el episodio, Lester hacía apuestas sobre el tiempo que iba a durar Domingo.

La semana anterior, Domingo y él habían capturado a un vietcong, manos arriba, junto con una pistola rusa, unas berenjenas saladas y una revista pornográfica francesa de hacía doce años. Al mirarlo de más cerca, resultó que el prisionero, de apenas quince años, tenía el pecho esquelético y estaba medio comido por las hormigas rojas. Había estado viviendo bajo tierra durante un año, confesó en pésimo inglés, agachado en la oscuridad. En el bolsillo trasero llevaba un libro de bolsillo arrugado, de sugerentes poemas de Ho Chi Minh.

Domingo había entrado en el refugio del muchacho y se había sentido extrañamente en casa. Encontró unos cuantos papeles con poemas escritos. Uno se titulaba *Nuóc*, agua, que sabía que también significaba campo. Quiso conservar los poemas, quizá traducirlos en sus ratos libres. Pero el teniente le había ordenado que los entregara junto con los mapas y otros restos de material militar. Domingo gustaba de imaginar a los descodificadores del ejército estrujándose los sesos para encontrarle sentido a un poema de amor vietnamita.

La lluvia comenzó de repente, prendiendo un suave susurro en los árboles. Las montañas murmuraban a lo lejos. Domingo se quitó el casco, todavía con las ramas de camuflaje de la patrulla de la tarde. La maldita lluvia distorsionaba todos los sonidos, le ponía un bloque de cemento en la cabeza. Estaba muerto de cansancio y sudaba por todos los poros.

Entre las patrullas y las guardias nocturnas, Domingo apenas dormía. Al menos era mejor que morir sin darse cuenta. Estaba decidido a mirar cara a cara a la muerte cuando llegase el momento. Si de verdad tenía suerte, lo mataría probablemente algún pariente lejano. Había oído decir que había consejeros chinos por todo el Vietcong. Pese a todo, morir allí se le antojaba muy teatral. El optimismo suspendido bruscamente en el aire. La absurda merced de la sangre. Huesos sobresaliendo de botas llenas de barro. La vistosa masa de los intestinos. ¿Quién le había dicho que los hombres mataban lo que temían?

Cuando había ido a China Beach de permiso, había dormido profundamente durante cinco días. Había prescindido del surf, de los filetes y de las putas, despertándose únicamente para beber zumo de piña y echar una meada. Al atardecer fumaba maría o un poco de opio sin refinar, hasta que el cerebro se le desenroscaba lo suficiente para seguir durmiendo. Sus sueños eran nebulosos y anaranjados, como envueltos en plástico viejo. No podía recordar ni uno, sólo su luz persistente y agotadora.

Todos los hombres que había allí querían volver al mundo. Un muchacho de Arkansas recordaba haber muerto en sueños, con la familia reunida a su alrededor, llorando ruidosamente; una muerte rosada y erótica, con ángeles de calendario porno escoltándolo hasta el cielo, chupándole la polla por el camino. Domingo no entendía aquel deseo de llegar a viejo, aquel aferrarse a la vida, como si alguien la poseyera de verdad. Además, ¿quién quería vivir tanto tiempo cuando podías morir bailando o envuelto en llamas?

La última noche que pasó en China Beach se había puesto al lado de la máquina de discos, con los marines negros, tamborileando en las mesas e imitando a Otis Redding *(I'm a changed man, Groovin' time)*. Luego volvió a la selva, recuperado, para seguir matando.

Domingo miró el horizonte húmedo, imaginó la muerte corriendo hacia él desde los árboles. Se apretó los párpados con los pulgares y deseó ser nictálope, como los vampiros de las cuevas de los alrededores de Guantánamo. Se rumoreaba que aquellos murciélagos se pegaban a la yugular de los caballos y las vacas dormidos y se alimentaban con su sangre. *Ala negra, ala de muerte,* decían los guajiros.

Después de todos aquellos meses, ¿en qué podía creer ya? Lo que nunca podía suceder sucedía todos los días. Los hombres caían como cerillas. Una fracción de segundo separaba la vida del descanso. Una vez, en la choza de los interrogatorios, Domingo vio al teniente clavar un cuchillo en el muslo de un prisionero y rajarlo hasta la rodilla. Ni aun así obtuvo respuestas. El prisionero era viejo, cuarentón, seco como una cometa. Los más viejos, decía todo el mundo, eran los más duros.

Lo único que Domingo conocía ahora era aquel incesante engorde de la muerte, como si cebarla fuera una actividad exclusiva de los pobres, como tocar las congas o cuidar de los búfalos de agua. País adentro, el lema era sencillo: «Ahí está.»

La Nochebuena anterior, la compañía había sufrido una emboscada en las afueras de Pleiku. Seis hombres habían muerto en cinco minutos. Había estado lloviendo con tanta intensidad y a destiempo que los calcetines se les habían podrido en las botas. El sol estaba lejos, anidando en Camboya. Había sanguijuelas por todas partes. Domingo tenía tantas llagas en los pies que se habría arrancado las plantas con las uñas.

Recordó las celebraciones de la Navidad cuando era niño, el cerdo asándose en el patio, con la grasa goteando del crujiente pellejo. Nochebuena. Después de la Revolución, el cerdo era difícil de conseguir y la gente tenía que conformarse con pollos famélicos y ñames. Sólo mamá parecía estar libre de preocupaciones. Era la primera en ofrecerse voluntaria para cualquier cosa, y cortaba caña de azúcar hasta que tenía las manos cubiertas de ampollas y los tobillos de picaduras de parásitos. Nunca perdonó a Domingo que fuera a pescar con su padre en el primer aniversario de la Revolución. En lugar de unirse al desfile de sus compañeros de clase con sus banderas de papel, se había sentado a la vera del río Guaso esperando a que picara el tarpón.

Cuando papi fue detenido, acusado de actividades antirrevolucionarias, mamá se había negado a acudir en su defensa. Declaró contra él, informando de que había hecho estraperlo (unos paquetes de cigarrillos aquí, una caja de botes de leche condensada allá, suficiente para meterse en problemas). Los agentes de seguridad del Estado habían querido reclutarlo, pero papi se negó. (Todo el mundo sabía que había rebeldes en los montes Escambray, intrigas para matar al Comandante, un floreciente mercado negro de armas extranjeras.) Así que fue enviado al psiquiátrico de Santiago.

A Domingo no le gustaba visitarlo en el manicomio. Los pacientes aullaban en las ventanas y defecaban en los pasillos. Se golpeaban entre sí con las bandejas de la comida. En la sala de su padre había cubos oxidados, desbordantes de vómito y mierda. No era ningún secreto que aquel ala del hospital estaba destinada a los presos políticos, aunque hubiera unos cuantos lunáticos para guardar las apariencias. Casi todos eran hombres corrientes, como papi, pero detestaban al Comandante. Gracias a esto merecían el tratamiento revolucionario especial: fármacos psicotropos, terapia de electrochoque, palizas a manos de enfermos peligrosos que soltaban en la sala.

Al cabo de un año, papi se obsesionó por una curruca amarilla que se bañaba en un charco que había bajo su ventana. Estaba convencido de que el pájaro era su abuelo, Chen Pan, que había vuelto para advertirle del *mal omnipresente*. La mayor parte del tiempo, papi se sentaba al pie del zapotillo del patio, observando los rastros perlados de las babosas y hablando consigo mismo en chino.

Una vez se presentó Domingo en el hospital y encontró a su padre atado a la cama, con los brazos y las piernas hinchados, las sienes quemadas por los electrodos. Tenía las sábanas manchadas de sangre y orina, y de la boca le salía un río de saliva en lugar de palabras.

—Forma parte del tratamiento —le soltó la enfermera.

Nadie se molestó en darle más explicaciones.

Una espesa niebla bajaba de las montañas, ahogando el habitual himno de ruidos de la jungla. No había brisa, ningún eco respondía a la tos de Domingo. Normalmente, un silencio tan completo habría despertado a todos los hombres de la compañía, pero todo el mundo siguió durmiendo profundamente. Domingo se preguntó si volvería alguna vez a la vida anterior a la guerra. Pero sospechaba que era demasiado tarde para deshacer el trecho recorrido.

Poco antes, al caer la tarde, Joey Szczurak había ido a hacerle compañía. Joey era un parlanchín compulsivo, un pastillero insomne de Queens. Llevaba un abrelatas P-38 colgado del cuello, en la misma cadena de oro que la cruz, y cobraba un cigarrillo por dejárselo a los que habían perdido el suyo. Aseguraba que había ganado un premio de dicción a los doce años, y que había probado la heroína a los catorce.

Joey era la persona más delgada que había visto en su vida, más incluso que Mick Jagger. Tenía la cara desollada por el acné. Los padres de Joey habían vivido en Varsovia durante la segunda guerra mundial. Habían rogado al hijo que no fuera a Vietnam, pero Joey se había ido de Fordham y se había alistado. A Domingo le molestaba el desparpajo con que Joey se desabotonaba de pronto la bragueta del uniforme y se masturbaba pensando en las medias con costura de su madre; el esperma trazaba una curva y caía en los mohosos sacos terreros.

Domingo se acordaba de cuando su propia madre, vestida con el uniforme miliciano, se fue a luchar en la bahía de

Cochinos. La gente decía que había matado a un hombre, que había disparado a un *gusano* por la espalda cuando trataba de escapar. Hubo un desfile en honor de mamá y de los otros veteranos cuando regresaron a Guantánamo, y después un almuerzo con el gobernador. Domingo había preguntado a su madre por aquel disparo. La cara de mamá se había tensado igual que durante sus partos más difíciles, cuando fumaba un puro tras otro y arrojaba hierbas en todas direcciones. Pero no le había contestado.

La lluvia cesó con la misma brusquedad con que había comenzado. Los árboles estaban empapados y trémulos. En cierto modo parecían avergonzados, como si hubieran abusado de la tormenta. Domingo deseaba hablar en español con alguien, pero allí sólo había un enjuto puertorriqueño de Nueva Jersey que echaba de menos el *arroz con gandulas*. Domingo se estaba olvidando del español, de todo lo que sabía de biología marina. Pólipos. Holoturias. Gorgónidos. Los tacos todavía los recordaba. Seguramente serían lo último que olvidaría.

Domingo pensaba en los enemigos, se los imaginaba hablándole en español, rápido y con acento cubano, sin pronunciar apenas una ese en cien palabras. Le contaban cosas... que las flores silvestres de Vietnam cambiaban de color cada primavera, o que los peces de río se estaban volviendo rosa por los productos químicos, las colinas peladas por el napalm. País adentro, Domingo había visto recién nacidos con deformidades más extrañas que las de Guantánamo, criaturas de los pueblos de la meseta central, los rasgos monstruosamente mezclados, las madres deshidratadas de tanto llorar. *Cuando a la tierra le ocurren cosas malas, a la gente también.* Se lo había dicho su tío Eutemio.

Cuando Domingo era joven, le gustaba irse a las montañas con su tío, a cortar madera para hacer tambores. Tenía que haber luna llena, *para que no le cayeran bichos.* La de cedro era la mejor y más duradera, pero la de la guásima y el caobo, cuando podían encontrar estos árboles, también eran aceptables. Las pieles eran de macho cabrío, porque los tambores eran cosa de hombres. Los blancos o amarillos que habían probado su fertilidad eran los mejores.

Tío Eutemio inspeccionaba los pellejos de las cabras en busca de defectos (para que no hubiera puntos muertos), luego los ponía en remojo con agua y carbón antes de rascarlos con ladrillos para limpiarlos. Siempre probaba el *tamtam* de la piel, su vibración. Tenía un oído infalible. Tío Eutemio solía afinar todos los tambores en el mismo rincón de la casa, el único sitio en que «encontraba» los sonidos.

Otra oleada de niebla pareció avanzar directamente hacia Domingo. El aire se estaba cargando de cenizas y otros residuos. Lo observó, lo olió, lo grabó en la memoria, como si supiera que tendría que describirlo minuciosamente. Un loro muerto cayó del cielo, golpeándole el codo. El sudor se le enfrió en la espalda. Domingo pensó que a lo mejor era la luna, que estaba pasando una mala noche.

Apuntó con el arma hacia la niebla móvil. Oía su propio corazón, fuerte y rápido como una ametralladora. Domingo recordó que durante su primer mes en la jungla, la compañía había tropezado con el esqueleto medio podrido de un elefante, con el pellejo arrugado y gris. Muerto, sin duda, por vietcongs hambrientos. El sargento había gritado «¡emboscada!», pero ningún enemigo había saltado de detrás de los árboles. Sólo había aquello: la lenta succión de la tierra, que reabsorbía la sangre y el músculo incomestible.

Domingo bajó el arma y se puso en pie para recibir la niebla. Hubo un destello tras la línea de los árboles. Había ya cenizas por todas partes, como si el mismo aire estuviera ardiendo. Fuera lo que fuese, pensó Domingo, él lo absorbería, las dos sustancias serían una, como la tierra receptora.

Entonces comenzaron los aullidos, torturantes y de otro mundo. Monos, docenas de monos, pálidos y polvorientos, con el cuello rojo brillante, saltando por los refugios, con la cabeza gorda como una calabaza vinatera. Rasgaron el chaleco antibalas de Domingo, le quitaron el fusil, le arañaron y mordieron los hombros. Los hombres salían corriendo de los refugios, con los ojos dilatados por el terror, disparando a tontas y a locas, lanzando bombas al azar y sin matar ni a un solo atacante. El aire contenía tanto azufre y humo que era irrespirable.

Eran blancos aquellos monos, albinos de ojos amarillos, *como viejos barrigudos untados con nata*, diría Domingo al escéptico comandante. Lo ocurrido no tenía nada que ver con las explicaciones razonables ni con la infundada confianza militar en la exactitud (y no es que Domingo fuera un fanático de la lógica). Aun así, los oficiales daban por hecho que cualquier experiencia podía resumirse con un puñado de sustantivos bien cuadrados.

—Le daremos otro día para que medite lo ocurrido —dijo el comandante, cerrando la carpeta de un golpe.

Domingo pensó que aquel hombre parecía un sapo gigante.

—Señor, no habrá ningún cambio.

Los monos habían desaparecido tan aprisa como habían atacado, declaró Domingo en el informe. Habían dejado huellas de patas por todas partes. Un caos de huellas de estroncianita. Los hombres habían intentado capturar a los monos, pero no los habían encontrado.

Domingo sabía que los monos eran de verdad. Lo sabía porque le habían desgarrado el chaleco antibalas y se habían llevado su fusil. *Coño*, lo habían arañado y mordido tanto que sus brazos parecían mangas. Tendría que volver a China Beach para que le pusieran la antitetánica. ¿Por qué el comandante no comprobaba el informe personalmente?

—¡Mire esto! —Domingo enseñó el pulgar al comandante, todavía morado e hinchado. Un mono, añadió, había intentado arrancarle el dedo de un mordisco—. Ahora dígame, señor, ¿quién coño podría inventarse una cosa así?

Viaje a través de la carne

... Sólo percibo
la extraña idea de familia
viajando a través de la carne.

Carlos Drummond de Andrade

Casualidad sutil

La Habana
(1888)

Era Viernes Santo y la gente recorría la ciudad golpeando tablas y cajas para dejar constancia de su dolor. *Bum-tac-taca-tac*. Era el único día del año que no sonaban las campanas de las iglesias. Lucrecia quería además dar martillazos en la madera, clavar sus peores recuerdos en una cruz. Quizá así se librara de ellos por fin.

Aquel día había prometido ayudar a Chen Pan en El Hallazgo Afortunado. Por la tarde, Chen Pan trasladaría muebles de la finca de doña Dulce María Gándara, la viuda que había vivido sola en su mansión de Vedado durante cuarenta años. Había una cama de caoba labrada, cajas forradas de terciopelo con cubertería, y una extensa colección de encajes belgas. Lucrecia tenía una inquieta premonición sobre las pertenencias de doña Dulce María. ¿Qué revelarían? A menudo percibía la historia de un objeto escuchándolo con atención. Había aprendido que la violencia y la desgracia se pegaban a las cosas con más tenacidad que las emociones más amables.

A Lucrecia no le gustaba trabajar en Viernes Santo, no porque los curas hubieran dicho que era pecado mortal (aquello no tendría ningún efecto sobre Chen Pan), sino porque los vecinos y los clientes podían murmurar. Lucrecia siempre llevaba colgado del cuello un amuleto contra el mal de ojo y encendía velas para despejar el aire de malas intenciones. Después de tantos años, todavía era supersticiosa en lo que se refería a su suerte.

Se reía al recordar cuánto había desconfiado de Chen Pan al principio. Chino alto, bien vestido y que olía bien. Uñas limpias. Sin coleta. Totalmente distinto de los otros chinos que había visto, hombres con cestos de frutas y verduras en palos, que hablaban el español como si estuvieran tragando agua. Hombres que se sentaban en las puertas, en pijama y fumando una larga pipa de madera. Si no hubiera sido por sus ojos y su acento, Chen Pan habría sido como cualquier otro criollo rico de la calle.

Lucrecia sólo se había fijado entonces en la avidez con que Chen Pan miraba a su hijo, como si fuera a comérselo para desayunar. (Había oído decir que en invierno los chinos se atracaban con recién nacidos.) La había puesto tan nerviosa que casi se había negado a ir con él. Luego vio a la hermana Asunción en un balcón del convento, indicándole por señas que siguiera adelante. Lucrecia pensó en sus palabras, en que Dios tenía planes secretos. Así que siguió a Chen Pan y se guardó las sospechas para sí.

¿Y qué no le gustaba de Chen Pan ahora? Su forma de tomarse el caldo, cogiendo el tazón con ambas manos y llevándoselo a los labios. La pasión con que recitaba los poemas paternos en chino. Que sólo sonriera cuando tenía ganas. Que enterrase la cara en su pelo cuando hacían el amor.

Lucrecia recogió el plumero del oxidado gancho y se puso a limpiar los objetos del escaparate. El que más le gustaba era el candelabro con los seis pavones de bronce. A su lado había un maniquí con casaca y botas. En un pedestal situado junto a la puerta principal había una escultura de alabastro, un desnudo femenino. Lucrecia detestaba la expresión presumida de su rostro, como las de las mujeres que se reclinaban en la iglesia en sus alfombras orientales mientras sus esclavos se arrodillaban detrás de ellas, en la piedra del suelo.

Chen Pan había indicado a Lucrecia que hiciera sitio para las cosas de la viuda, pero allí ya no cabía nada más. Y si ella se deshacía aunque sólo fuese de una taza de té, encima se pondría furioso.

La campanilla de la puerta tintineó cuando entraron dos criollas vestidas igual. Eran gemelas, de cara brillante como fruta recién cogida. En el pecho llevaban un ramillete de lilas.

—¿Las señoras buscan algo especial? —preguntó Lucrecia.

La luz era tenue y habría jurado que las mujeres estaban calculando el color exacto de su piel. No estaban acostumbradas a ver mulatas en las mejores tiendas. Las hermanas apenas movían los labios y Lucrecia no supo cuál estaba hablando.

—¿Tienen monos? —preguntó una.

Lucrecia condujo a las señoras a un cuarto contiguo en el que almacenaban los animales decorativos. Le gustaban especialmente dos hipopótamos en miniatura, unos animales que se le antojaban un amable cruce de cerdo y vaca.

Las hermanas recorrieron sigilosamente los estantes, como si fueran a caer de repente sobre su presa. Admiraron un cordero pintado a mano y se estremecieron ante un leopardo tallado en madera. Pero no había monos. Cuando se volvieron para irse, Lucrecia vio que una de las hermanas se guardaba una rana de cristal en un pliegue del vestido.

Si hubieran estado en la calle, Lucrecia habría podido tirarla al suelo para reclamarle la mercancía (los demás vendedores habrían corrido en su ayuda). Pero allí se agachó, fingió que recogía algo del suelo y emitió el inconfundible canto de una rana. *Croa, croa, croa*. Una, dos, tres veces tuvo que cantar para que la mujer soltase la rana y la dejara debajo de un cojín.

Lucrecia continuó limpiando el polvo con energía. La vitrina que había debajo del ábaco de Chen Pan era para artículos religiosos: devocionarios y crucifijos, dos cálices y una mitra de obispo, rosarios de varios tamaños y colores.

Un viejo rosario azul llevaba allí tres años. A Lucrecia le recordaba las manos de su madre, los dichos africanos que le hacía memorizar. *Aseré ebión beromo, itá maribá ndié ekrúkoro.* El sol sale para todos. *Champompón, champompón ñanga dé besoá.* No hay dos días iguales.

Mamá había sido devota de Yemayá, la diosa de los mares. Solía vestir a Lucrecia de azul y blanco, y juntas llevaban ofrendas a la playa los domingos, bolas de coco o cortezas de cerdo cuando podían freírlas. Vivían con un desagradable matrimonio en la calle San Juan de Dios. Mamá había hecho de todo en aquella casa, hacía la comida en el fuego de carbón, pulía los suelos de mármol, lavaba y planchaba las sábanas todos los días. Lucrecia había empezado a trabajar hirviendo los pañuelos del amo, que siempre estaban tan llenos de mocos que le daban náuseas.

El amo visitaba a su madre todas las noches. Mamá cubría a Lucrecia con una sábana, la enseñaba a contener la respiración. Un terrible gruñido de cerdo, temblores en la cama y el amo se iba hasta el día siguiente. Lucrecia pensaba que aquello era otra faena doméstica de su madre, como lavar la ropa o pelar batatas. Mamá se metía entre las piernas trapos que olían a leche agria. Nunca le dio explicaciones.

Bum-tac-taca-tac. Los penitentes estuvieron golpeando maderas toda la mañana. En La Habana, todos sufrían con la misma pasión con que tocaban. El Miércoles de Ceniza por la mañana, Lucrecia había visto personas con ceniza en la frente, pero al mediodía estaban comiendo carne y vendiendo caballos. El año anterior, una monja holandesa le había contado que los cubanos eran inmorales. ¿En qué otro lugar era normal que un cura fuera directamente de la iglesia a las peleas de gallos sin molestarse en quitarse el sombrero de tres picos? Y los curas tenían familia propia con su amante, como cualquier otro hombre.

Cuando los misioneros protestantes se dieron por vencidos con Chen Pan, se concentraron en convertir a Lucrecia.

—¿En qué? —había preguntado ella, sirviéndoles *cafesito* con guayaba y queso. Le dijeron que estaba viviendo en pecado, que tenía que casarse con Chen Pan para ser justa a los ojos de Dios. Un sermón tras otro. Lucrecia sabía que lo que decían no tenía nada que ver con ella. Si en algo creía era en esto: que siempre que ayudabas a alguien, te salvabas. ¿No era aquello lo que había hecho Chen Pan cuando la había sacado de la casa de don Joaquín?

En su opinión, era mejor poner de todo un poco, como cuando preparaba un ajiaco. Encendía una vela aquí, hacía una ofrenda allá, rezaba oraciones a los dioses del cielo y a los de la tierra. No creía en una sola cosa. ¿Por qué iba a comer sólo croquetas de jamón? ¿O disfrutar del aroma de las rosas nada más? A Lucrecia le gustaba ir a la iglesia en Pascua por las flores, pero ¿necesitaba ir todos los domingos?

Chen Pan, por otra parte, se volvía más inflexible con los años. Últimamente había empezado a dar explicaciones chinas para todo: por ejemplo, que todo el mundo nacía con *yuan*, un destino heredado de vidas anteriores; o que la tierra estaba apoyada en el caparazón de una tortuga gigante; o (esto le parecía de lo más ridículo) que todos los que no eran chinos eran fantasmas.

Lucrecia suspiró mientras doblaba un mantel de seda. El enorme armario español estaba abarrotado de cortinas de brocado, metros de lino crujiente, y ropas de hacía al menos cincuenta años que necesitaban desesperadamente una buena limpieza. Nada de aquello se vendía bien (excepto a un esmirriado comerciante de antigüedades de Nueva York) y pasaban años enmoheciéndose en los estantes. Al cabo de un tiempo, ni el aire fresco ni los golpes podían quitarles el moho.

Aunque Lucrecia guardaba unas cuantas velas para venderlas en El Hallazgo Afortunado, vendía casi todas sus existencias en la calle.

—¡*Cómprenme las velas, pa evitar las peleas!*

Aquello no era exactamente verdad, pero era difícil encontrar algo que rimase con *velas*. Y un *pregón* pegadizo atraía a la gente como un accidente aparatoso. Lo que más gracia hacía a Lucrecia, y también a Chen Pan, era que sus clientes decían que se peleaban menos desde que compraban aquellas velas.

A Lucrecia le había gustado todo lo referente a hacer velas desde el principio mismo. El aroma de la cera caliente en los calderos. Cómo se enfriaban, puras y suaves, alrededor de las mechas. La manera en que ardían en la iglesia, encogiéndose rápidamente y sin dolor, como imaginaba que debía ser una buena vida. Lucrecia oyó decir cierta vez a una priora francesa que en las iglesias de La Habana se quemaban más velas en un mes que en las de París en todo un año. Y París, aseguraba, era muchas veces mayor que La Habana.

Lucrecia guardaba el dinero en el banco chino de la calle Zanja. Había abierto la cuenta cuando Chen Pan había ido a entregar los machetes al comandante Sian. Poco a poco había ido depositando sus ganancias en ella. Un año después de que Chen Pan volviera de la guerra, Lucrecia le dio los setecientos pesos que había ahorrado para comprar su libertad. Él cogió el dinero. ¿Qué otra cosa podía hacer? Sabía que, de lo contrario, ella no lo amaría. Pero en lugar de irse, Lucrecia le dijo que, si él quería, prefería quedarse.

Fue un domingo de mayo cuando hicieron el amor por primera vez. Muy temprano, antes del amanecer. Lucrecia fue a Chen Pan con su camisón azul cielo, con la medianoche echándole flores. Él la buscó como si fuera el borde del cielo. Luego brotó en ellos el calor y el anhelo, una alegría tan grande y desconocida que rieron y lloraron juntos.

Lucrecia pulió una bandeja de plata y pensó en los niños que habían tenido desde entonces. Desiderio había nacido todo fuego, cuatro kilos de berreantes llamas. Además, era peligrosamente atractivo, labios de mujer, cabello peinado hacia atrás con perfume, seducido por todos los peligros. Lorenzo era menos llamativo. Su cabello era espeso y algodonoso y sus pies eran idénticos a los de su madre. Y Caridad había nacido con una mancha en la base de la columna que según Chen Pan la convertía en una auténtica china. Era guapa y de huesos delicados, y cantaba como los periquitos que vendían en la Plaza de Armas.

Lucrecia sospechaba que Chen Pan prefería a Lorenzo. Cuando tenía nueve años, padecía toda clase de enfermedades. Chen Pan lo puso a estudiar con el maestro herbolario de F***, cuya especialidad era curar la tisis. (Un mes con las apestosas cataplasmas del médico y los pacientes dejaban de toser para siempre.) En diciembre del año anterior, Lorenzo había ido a China para estudiar medicina. Lucrecia no había visto tan desanimado a Chen Pan desde la muerte de Víctor Manuel. Todos los días, ella rezaba a Buda y a todos los santos para que Lorenzo estuviera bien.

Era casi la hora de comer y Chen Pan no había vuelto de la casa de doña Dulce María. ¿Habrían decidido los hijos de la viuda no entregar las posesiones de su madre? Un cambio de opinión no era anormal en aquel trabajo. Un mes antes, Lucrecia había acompañado a Chen Pan a la casa de un general retirado (había prometido venderles su colección internacional de espadas) y al llegar los había amenazado con cortarles la cabeza si cruzaban el umbral.

El domicilio común no había cambiado mucho desde que Lucrecia se había mudado a la calle Zanja, hacía ya veinte años. No había lujos, ni cubertería de plata, ni platos de porcelana que romper. Todo era sólido y útil, como el mismo Chen Pan. En la cocina había un altar con la estatua de un chino gordo sentado con las piernas cruzadas y cara de contento. El primer día que había pasado allí, Lucrecia había ofrecido al Buda un ramillete de menta que había tenido oculto en su pecho para que no le faltara leche. No tenía más para darle.

Chen Pan había intentado enseñarle a comer con palillos, pero Lucrecia no era capaz de tenerlos entre los dedos. Se había acostumbrado a comer sobras, un poco de arroz, *malanga* quemada, algún pedazo de carne escamoteado aquí y allá. Siempre había comido con las manos. Durante mucho tiempo, Lucrecia había fingido que dormía mientras esperaba la agresión de Chen Pan. Naturalmente, no se había producido.

Recordar todo aquello la llenaba de alegría y de tristeza al mismo tiempo... de tristeza porque no había reconocido la amabilidad de Chen Pan; alegría, porque la amabilidad no había disminuido con los años. ¿Qué habría sido de su vida si Chen Pan no hubiera abierto el periódico aquel lejano día? A veces pensaba que la supervivencia dependía de la casualidad más sutil.

Su madre no había sido tan afortunada. Había muerto de fiebre amarilla (vómito negro durante días, un hedor que Lucrecia aún podía oler). No hacía ni un mes que habían enterrado a mamá cuando don Joaquín fue a visitarla. Le levantó el camisón, le abrió las piernas, le introdujo un dedo. Luego se chupó lentamente el dedo.

—Estás preparada, puta —dijo, bajándose los calzoncillos y empujando para meterse dentro de ella. Lucrecia gritó y él la golpeó. El anillo le arañó la mejilla y la hizo sangrar por la nariz. Luego él le tapó la boca y terminó su asunto.

Lucrecia tardó muchos años en comprender que era hija suya (el parecido con él era inconfundible). Que lo que su madre había sufrido lo estaba sufriendo ella ahora. Que mamá la había querido a pesar de su odio hacia él. Que Yemayá las había ayudado a sobrevivir.

Ay, Santísima Virgen, Señora de Regla,
dame tu fuerza y protégenos de nuestros
enemigos...

Una vez que Lucrecia había osado llamarlo papá, don Joaquín le apretó el cuello con tanta fuerza que dejó de respirar. Vio relámpagos blancos y luego nada en absoluto. La abofeteó para despertarla.

—Vuelve a decir eso y te trituraré los huesos y te venderé como pienso para los cerdos. —Aquello no impidió que la maltratara con más dureza aquella noche.

Desde entonces, el amo la obligaba a tener los ojos abiertos cuando la jodía, la obligaba a mirar su cara animal. La golpeaba si parpadeaba, la obligaba a repetir cosas que desde entonces no había dicho en voz alta. Lucrecia dejó de soñar durante años. Todo dentro de ella estaba rígido y de rodillas, esperando día tras día, conteniendo la respiración como mamá le había enseñado.

A la una en punto, Lucrecia cerró la tienda y subió a la casa. Aquella mañana había matado un pollo, dándole vueltas como si fuera un molino, hasta que le rompió el cuello. Luego había picado la carne hasta convertirla en pasta para caldo. Calentó una cucharada de manteca en la sartén más grande y cortó dos cebollas. Peló y machacó varios dientes de ajo, los frió en la manteca y añadió migas de pan del día anterior.

Lucrecia recordaba que don Joaquín sólo quería comer carne. Cuando por fin la había desterrado al convento, ¡qué alivio había sentido! Allí hacía fresco, no el calor y el hollín de la cocina del amo. Se acordó que Lucrecia se quedaría con las monjas hasta que naciera el niño, hasta que el amo pudiera venderlos a ambos. Sin bautizar, sin escolarizar, y maldita como estaba, las hermanas la recibieron y la llevaron a la iglesia. El sacerdote agitó un brillante incensario de oro que dejó escapar nubes de humo. A Lucrecia le olió a mil flores marchitándose.

Mientras el niño crecía y engordaba dentro de ella, Lucrecia metía cientos de velas en las cubas burbujeantes. Grandes velas blancas para la misa del domingo y las bodas de sociedad. Otras color marfil para la sacristía. En tonos pastel para las distintas festividades. Votivas doradas para la Virgen de la Caridad del Cobre, la patrona de Cuba. En Viernes Santo, las monjas utilizaban velas oscurecidas con brea. *Para limpiar los pecados del mundo.*

Bum-tac-taca-tac. Bum-tac-taca-tac. El ruido de la calle era más alto, más insistente, como si todos sus vecinos se hubieran unido a las muestras de dolor. Lucrecia terminó la sopa de pollo y bajó las escaleras hasta El Hallazgo Afortunado.

Había un cliente esperando fuera, con una cara que parecía uno de los viejos mapas de Chen Pan. Lucrecia lo hizo pasar, pero no entendió ni una palabra de lo que dijo. ¿Estaba tratando de hablar en español? Normalmente podía decir en qué idioma hablaba un forastero, por su acento, pero aquello no lo había oído antes. Indicó al cliente que mirara, con la mano, y le señaló los objetos que suponía que podían interesarle: el reloj dorado de cuco, el tocador de palo de rosa, las palmatorias mexicanas.

Finalmente, descifró la difícil presentación del hombre. ¡Era un taxidermista polaco! Lucrecia rió y asintió con la cabeza. Estuvo a punto de decirle que conocía a varios amigos de Chen Pan (especímenes ciertamente raros) a los que podía disecar inmediatamente. Pero optó por notificarle que se había equivocado de dirección.

El resto de la tarde fue tranquilo. Lucrecia estaba cada vez más preocupada. Necesitaba poner un anuncio para las velas de farol. Eran muy populares durante la celebración de la primavera y le gustaba avisar con antelación. Además, le daba la oportunidad de ir a la redacción del periódico chino de la calle San Nicolás. Allí veía a los hombres escoger diminutos moldes con caracteres entre los miles que había a la vista. Más tarde miraría los titulares y haría que Chen Pan los leyera en voz alta y los repitiera hasta que ella aprendiese un par de frases.

Pero Chen Pan no tenía paciencia para enseñarle chino. Lo poco que Lucrecia había aprendido, procedía de las calles o de su amiga Esperanza Yu. No siempre era educado aquel proceder. Lucrecia había visto complacida la alarmada cara de Chen Pan el día que volvió a casa con una selección de obscenidades. Otros cubanos que tenían comercios en el Barrio Chino también aprendían algo de chino. Como ella, hablaban un chino *chuchero*, un chino chapurrado.

Cuando fue a vivir a la calle Zanja, no había ningún comercio tan próspero como el de Chen Pan. Ahora había tiendas de comestibles y hoteles, farmacias, pastelerías y garitos, incluso dos pagodas budistas. Y todo el mundo sabía que los chinos hacían el mejor helado de La Habana. Los domingos, la gente llegaba de todas partes para comprarlo.

Cierto que ella podía ir a comprar al Mercado de Cristina o a las bonitas tiendas de la calle del Obispo, comprar muselinas y cintas en la de San Antonio o un pastel de tres pisos en La Diosa Diana. ¿Pero qué necesidad tenía de tales caprichos? Todo lo que amaba estaba en el Barrio Chino. Los tamales con pato ahumado. Las batatas fritas, bien picadas. Su postre favorito también era chino: un pastel con tantas semillas de sésamo que lo llamaban chino con piojos.

Formaba ya parte del Barrio Chino, estaba en paz allí, con los olores y sonidos que antaño le parecían tan extraños. ¿Cómo podría preparar el pollo ahora sin un montón de jengibre? ¿O decidir algo importante sin ofrecer caquis a Buda? Lucrecia había animado a sus hijos a aprender chino, pero sólo Lorenzo había mostrado interés.

El otoño anterior había ido con su hijo al teatro chino de la calle de la Salud. Era hermoso, pintado como en Navidad, de rojo y oro. Había acróbatas de Shanghai que se subían unos a hombros de otros y volaban por el aire como pájaros engreídos. Cantoras vestidas de raso que gemían por al amor perdido y por los agridulces dones de la primavera. Y la música era un resonar de platillos y tambores que no podía ser más diferente del danzón cubano.

A las cuatro en punto, un coche gigantesco se detuvo delante de El Hallazgo Afortunado. Chen Pan señaló el carro cargado que iba detrás de él.

—¡Tendremos que comprar la tienda de al lado! —dijo riéndose, muy alto, para que lo oyeran todos los vecinos.

A veces Lucrecia se cuestionaba sus orígenes, pero no quién era ahora. Era Lucrecia Chen. Tenía treinta y seis años y era la mujer de Chen Pan, madre de sus hijos. Era china de hígado, china de corazón.

Las ciruelas

Chen Fang

Shanghai
(1939)

Llevaba casi doce años enseñando cuando conocí a Dauphine de Moët. Era la madre de tres alumnos de nuestra escuela. Sus hijos iban a todas partes escoltados por dos rusos blancos. El secuestro era habitual en Shanghai, siempre había sido algo así como una especialidad local, pero aquellas medidas eran extraordinarias diez años antes.

El marido de Dauphine, Charles de Moët, era un empresario y ex diplomático francés. Había especulado en la bolsa de Shanghai e invertido en una fábrica de piel que más tarde confeccionó botas militares para los invasores japoneses. Los De Moët vivían en una mansión de la Concesión Francesa con muchas antigüedades y criados. Una vez vi a D*** salir de su casa. Era el gángster que aterrorizaba Shanghai.

Dauphine me invitó a tomar el té para hablar de las notas de los chicos, que no eran ni mucho menos satisfactorias. Era domingo y Dauphine abrió la puerta en persona. Me fijé en el grosor de sus manos mientras servía el té de jazmín, una variedad poco habitual. Había dulces envueltos en papel carmesí y pastelillos de crema. Dauphine llevaba una túnica de seda de estilo chino. Su largo cabello rubio colgaba como un viaje.

Observaba todos mis gestos, la inseguridad de mis labios mientras formaba las palabras para hablar. Me dijo que era hermosa. Nadie me lo había dicho hasta entonces. Sentí que el calor me invadía las mejillas.

Dauphine tenía una biblioteca maravillosa y me invitó a llevarme los libros que deseara. También le gustaba pintar y me enseñó una acuarela que había hecho, un caballo picazo representado con mucha delicadeza. Galopaba hacia el espectador como si fuera a salir volando del papel. Sus otras pinturas no eran tan buenas, pero tenían mucho efecto poético.

Me invitó a tomar el té varias veces aquel invierno de 1928. Los meses eran atrozmente fríos, con vientos implacables. Mis visitas eran igual: la casa vacía, el té humeante, la amabilidad y atenciones de Dauphine. A veces se presentaba con un collar de cristal que reflejaba la débil luz invernal, o con un pañuelo sujeto con doble vuelta en la cintura.

Dauphine me contó que se había criado en Alsacia-Lorena y que detestaba a los alemanes. También había vivido en Brasil dos años, donde había navegado por el Amazonas y una vez había visto a las pirañas comerse un caballo hasta dejarlo en los huesos.

Su marido había sido el cónsul general de Francia en La Habana durante la Gran Guerra. Era la época del Baile de los Millones, explicó, cuando los cubanos ganaban fortunas de la noche a la mañana con el azúcar. Los palacios flanqueaban los bulevares y por el paseo marítimo iban y venían coches fabulosos. Decía que los cubanos, como los españoles, utilizaban una especia para el arroz que lo volvía del color de las naranjas.

Dauphine tenía fotos de La Habana, entre ellas una de un viejo chino fumando una pipa de opio en la puerta de una casa. Me gustaba imaginar que aquel hombre podía haber conocido a mi padre o a mi abuelo. También ponía discos cubanos en el fonógrafo. Al principio la música me parecía extraña. Pero acabé amando el torrente de tambores, las voces desgarradas de los cantantes. Dauphine me enseñó a bailar como los cubanos, sujetándome con fuerza y haciéndome mover las caderas.

Había un club en el barrio viejo, me contó Dauphine, donde las mujeres llevaban esmoquin como los hombres y se besaban en los labios. Bebían ponche de ron, encendían los cigarros de sus amantes, se limpiaban los dientes con palillos de plata. Escuchándola me di cuenta de que yo no sabía nada.

A veces me hacía la comida. Nada del otro mundo. Nuestra comida favorita eran emparedados tostados de jamón y queso —*croque-monsieurs*—, que servía con variantes y cerveza. Una vez preparó mejillones con vino y quiso ponérmelos en la boca uno por uno.

Me preguntó por mi vida. Le hablé de la muralla de piedra que rodeaba nuestra aldea de montaña para alejar a los bandidos. En el extremo oeste del barranco, madre estaba hermosa como una emperatriz en su cama, envuelta en humo de opio. Una primavera, el almizclero se comió todas las hojas de los árboles y las cabras se hincharon a causa de una misteriosa enfermedad y murieron. ¿Qué más podía contarle?

Cuando cumplí treinta años, Dauphine encargó a su cocinero que me preparara los tradicionales fideos de la longevidad. Sabía que me gustaban las ciruelas verdes y me regaló un exquisito frutero de jade lleno hasta los topes de ciruelas, aunque hacía tiempo que había pasado la temporada.

—Para mi amada Fang —susurró al ofrecerme la fruta.

—Eres demasiado amable —contesté, bajando la vista.

Aquel día nos hicimos amantes.

Las penalidades del mundo se desvanecieron. Nuestras vidas quedaron ocultas como si durmieran un sueño milenario. Tras su fragante dique de velas, yo sólo veía los arrugados pétalos de los párpados de Dauphine, la caricia de sus dedos experimentados, la risa fácil de su éxtasis. Con cada abrazo, una marea de sangre se elevaba entre nosotras. Lejos de la brillante luz censora, le recitaba todos los poemas de amor que había aprendido de niña.

Pero la alegría, aprendí pronto, es sólo un rápido interludio entre un dolor y otro.

Aquel otoño, el marido de Dauphine volvió con su familia a Francia. Hablaron de mercados que se hundían, de que su fortuna estaba por los suelos. Como polvo rojo. Me fijé en los pendientes de Dauphine, largos y con eslabones, delicadas cadenitas que le rozaban los hombros. Volvían a París, me contó, para cuidar de su ruina.

Dauphine me dio una varilla de marfil para rascarse la espalda, su gorro de piel de conejo, un rizo de su pelo envuelto en papel de arroz y, en el último momento, la acuarela del caballo picazo. No dormí durante un año. Mi rostro se volvió huesudo, mis ojos velados por la ceniza. ¿Adónde iba la historia, me preguntaba, si no podía volver a contarse?

Me sentía inexperta en el conocimiento del placer, y a la vez consumida por él. Por fin entendía la verdad del Tao Te King:

El motivo de una gran aflicción es que tenemos cuerpo.
Si no tuviéramos cuerpo, ¿qué aflicción tendríamos?

Una vez, en las montañas, vi una serpiente mudando de piel. Empezó por la nuca, una ligera abertura, y se desprendió lentamente de su larga vaina de color amarillo pardusco. Al final, la serpiente seguía siendo ella, pero en cierto modo más brillante y nueva.

A veces, cuando enseño, me veo en las chicas más jóvenes y me pregunto: ¿conocerán alguna vez la singularidad de su naturaleza?

Tras la partida de Dauphine, los placeres normales me evitaron, el calor y el ruido de la ópera, el sabor del pato asado con pimienta y sal; la calidez de los primeros rayos del sol cuando iba andando a la escuela. Soñaba el mismo sueño todas las noches. Una mujer que no soy yo está ahogándose en un río, el agua introduciéndose en sus pulmones. Su cabello es largo y flota en la corriente. Se lo arranca a puñados hasta que el río fluye limpiamente entre su red de mechones oscuros.

El verano siguiente busqué un chamán en las afueras de Shanghai. Durante dos días lo vi girar junto a sus hogueras, escuchaba sus cánticos lastimeros hasta que caía en trance. Entonces volví a ver a Dauphine, encantadora, con un vestido nuevo de lino, pescando en el más azul de los ríos. La llamé y asintió con la cabeza sin volverse. Luego sacó una ciruela madura del agua. Estaba lloviendo, con fuerza y monotonía, la clase de lluvia que dura varios días. Llamé a Dauphine de nuevo, y de nuevo volvió a mover la cabeza. Su cabello rubio cayó como la luz de un farol de Año Nuevo cuando recogió otra ciruela. Traté de acercarme, pero un viento incesante me mantenía en mi sitio. Cuando desperté, supe que la había perdido para siempre.

Mi corazón se columpió durante años. El viento dormía en mis manos vacías. Mi vida estaba dispersa, como pétalos sin barrer tras una tormenta. Estaba *ch'an* durante horas, buscando la paz. Quizá, pensaba, pudiera volverme como el sabio Chieh-yü, que fingía locura y vivía como un recluso para evitar a los demás.

Me volví intolerante con mis alumnos. Sólo uno entre cien escuchaba con atención. En cuanto al resto, como si le hablase a los monos. De todas formas, ¿qué podía enseñarles? ¿Que el conocimiento era más importante que el amor? (Yo ya no lo creería nunca.) Y mis mezquinos colegas, discutiendo por los suministros y las inspecciones. ¿Cómo podía recorrer los lóbregos pasillos de aquella escuela fingiendo ser una profesora? ¿Fingiendo tranquilidad?

Me esforcé por tener en cuenta las vacilantes ofertas de ciertos hombres: el diminuto químico de la mano atrofiada; el inspector del distrito, que cantaba todas las tardes con una conmovedora voz de barítono. ¡Imposible! ¿Acaso no se daban cuenta de lo inadecuados que eran para mí? Un pretendiente desdeñado me acusó:

—¡Los hombres nunca son libres porque las mujeres tienen corazón de perro!

¿Así que aquella era la vida que me había tocado? ¿Un breve amor?

Mi cama está tan vacía que no dejo de despertarme:
el frío arrecia, el viento nocturno empieza a soplar.
Agita las cortinas, haciendo un ruido como el mar:
¡oh, si fueran olas que pudieran llevarme de nuevo a ti!

Sin duda había un lenguaje secreto que podía devolverme todo lo perdido, pero ¿cómo aprenderlo? De nuevo busqué al chamán y le supliqué que me hiciera olvidar. Y durante un tiempo olvidé. Viví como un insecto en ámbar, protegida de los recuerdos. Poco a poco, sin embargo, todo volvía a mí en vívidos retazos. Como una vieja tozuda que arroja piedras en el templo, esperaba un milagro. Lógicamente, no se produjo. Volví a acostumbrarme de nuevo al vacío.

Hace unos años empecé a coleccionar urnas funerarias. Las alineaba en las paredes de mi dormitorio. Un comerciante de objetos de segunda mano, el señor Yi, me preguntó por qué me gustaban tanto los ornamentos de la muerte, pero no pude contestarle. Pensé en plantar flores en las urnas, pero no tenían agujero de drenaje y no soportaba la idea de que las flores afrontaran una muerte cierta.

A menudo pensaba en mi hijo, que pronto sería un hombre. No le había hablado a Dauphine de él, no sé por qué. Tengo un hijo, de la misma edad que el menor de los suyos.

Un muchacho que había crecido sin mí. ¿Qué aspecto tendrá Chih-mo? ¿Estará enfadado conmigo por haberlo abandonado? ¿Qué le cuenta la familia de su padre? ¿Sabe que estoy viva?

El magnolio que tengo delante de la ventana no ha florecido. Los cuervos cubren sus ramas, tres o cuatro docenas a la vez. En los tiestos no ha quedado ninguna cebolleta. El sábado por la mañana, después de llover toda la noche, vi un caracol con rayas arrastrándose por la terraza. ¿De dónde venía? ¿Cómo sabía el camino hasta mis escasos y tristes círculos de tierra?

Es verano otra vez. Tengo cuarenta años, el año que parte la vida de una mujer por la mitad. Hasta entonces se la puede considerar guapa. Hay esperanza de tener más hijos. Todavía se permite un poco de vanidad. Después es indecoroso preocuparse por el aspecto. Un marido dedica menos tiempo al cuerpo de su mujer, apresura el placer, o, si es lo bastante rico, concede su pasión a otra concubina.

La segunda etapa de una mujer es larga y amarga. Encuentra la satisfacción en arreglar un buen matrimonio para su hijo, en conseguir una dote justa para su hija. Digo esto, pero mi vida no es la vida de una mujer. Vivo como un hombre, menos que como un hombre, sola en mis dos habitaciones.

Los años acogedores han pasado. Los japoneses están por todas partes. Las banderas con sus salvajes soles rojos ondean en todos los tejados. La ciudad está desgarrada y hambrienta, los campos que nos rodean, todo farfolla y viento. Sólo el mismo grupo de perros engorda atracándose de cadáveres.

Se dice que ya no hay amapolas en los campos, que el agua no se puede beber, está contaminada por la muerte. Otros dicen que en algunos lugares la lluvia es negra de resentimiento. De mis grifos sale un triste hilo de agua. Pongo las cacerolas en la terraza para recoger agua de lluvia, luego la hiervo durante una hora antes de beberla. Llevo esta agua en botellas a la escuela. Una vez por semana, recojo lluvia suficiente para darme un baño.

Hace meses que no me pagan. Cómo vivo de un día para otro, no lo sé. Voy de casa a la escuela, de la escuela al mercado y de nuevo a casa. En el mercado no hay mucho que comprar: coles marchitas, unos gramos de fideos secos. Hago caldos sencillos con lo que hay, o mezclo un poco de tofu con arroz. Tengo a mano harina de patata y aceite de sésamo para dar sabor. La comida me sabe igual casi siempre.

Al anochecer corrijo los ejercicios de mis alumnos, preparo té y leo durante horas. Leer es mi único lujo. No me salva de la necesidad ni me libera de la muerte. La verdad es que me impide pasar la noche entera durmiendo. Pero inmersa en las sombras de otros mundos, encuentro un poco de paz.

Cuando no me puedo concentrar, me quedo en la terraza y observo la luna. Brilla solitaria en el cielo, esté despejado o nublado, sin iluminar nada. Recuerdo haber mirado esta misma luna cuando era niña, en las montañas. Una vez imaginé que era una perla mágica que podía concederme todos los deseos. Pero ¿qué sabía entonces de deseos?

En China dicen que la mayor gloria de una mujer es parir y criar hijos para el futuro. Entonces, pregunto, ¿dónde está mi sitio? No soy mujer ni hombre, sino una piedra, un árbol alcanzado por un rayo hace mucho tiempo. Todo lo que ha habido desde entonces no cuenta.

El pequeño mundo

Saigón
(1970)

Domingo Chen fue dado de alta en el hospital cuando cumplió los veinte años. La hebilla del cinturón le rozaba donde la metralla lo había perforado un mes después de firmar el reenganche. La mina terrestre se había llevado por delante cuatro miembros de tres hombres diferentes. Él sólo había perdido una parte de los intestinos, la suavidad de su pecho lampiño y el flamante tatuaje, una reproducción de una estampa de Santa Bárbara, que le habían hecho durante el período de descanso y recuperación en China Beach.

En realidad, no había perdido todo el tatuaje. En sus cicatrices había aún puntos verdes y rojos que emitían un destello apagado. Debajo de la tetilla izquierda se le había bordado un ojo rasgado, por encima del ombligo gesticulaba una mano minúscula que saludaba con brío cada vez que se reía. Las gafas de su bisabuelo habían quedado intactas, pero la suerte que podían haber dado antaño obviamente había desaparecido. Cuando el helicóptero se había alejado para replicar a la jugarreta de la mina, Domingo había visto árboles, raíces y todo, dando saltos mortales en el aire.

En el hospital le costó seguir el antiguo consejo de su padre. «No te fijes en el sufrimiento de otros.» Pero, ¿cómo evitarlo? Dondequiera que posaba los ojos le devolvían la mirada catástrofes con vendajes. Mutilaciones, heridas en la cabeza y las febriles alucinaciones de hombres desesperados. Le impresionaba la facilidad con que la mente se adaptaba al dolor con visiones salvadoras: la enfermera fea convertida en diosa del erotismo, el soldado convencido de que la polla que había perdido era un cerezo en flor.

Para pasar el tiempo, Domingo jugaba apostando dinero con los demás pacientes en los pasillos del hospital o fumaba maría asomado a las ventanas, cortesía del comprensivo celador que llegaba alrededor de la medianoche con la provisión de la sala. Domingo estaba sorprendido por la cantidad de soldados negros que llevaban nombre de presidentes: Washington y Roosevelt, Lincoln y Jefferson. Pensaba que en Cuba no sería diferente. Cada diez niños, un pequeño Fidel. Los oficiales americanos tenían nombres sencillos, como John, Bill o Fred. Por lo que sabía Domingo, cuantas más estrellas tenían, más inconcreta era su función.

A veces estallaba una pelea en la sala. Hombres que habían perdido un brazo o una pierna, impedidos por el dolor y los goteros de morfina, se arrojaban jeringuillas y bolsas de orina, lo que tuvieran a mano, tratando de terminar el trabajo que no había terminado la jungla. Llegaba la policía militar para restaurar el orden, pero ver a aquellos hombres enteros y fuertes deprimía a todo el mundo. Además, ¿qué podía hacer la policía militar? ¿Esposar a los mancos?

El pequeño capellán con brillantina en el pelo también se presentaba después de cada trifulca. Su misión era convencer a los hombres de que todo iba a ir bien, cuando todos sabían perfectamente que nada volvería a ir bien nunca. Al fin y al cabo, ¿qué quedaba de ellos para salvar? Y aunque los cuerpos se curasen, en la mente continuarían sufriendo. Domingo pensaba que el capellán hablaba de una manera extrañamente sintética, como si sus frases y sentencias contuvieran más sustancia que las de los demás. Sentencias de muertos. Domingo nunca era capaz de recordar luego qué había originado las peleas.

El cielo amenazaba lluvia. Domingo miró las espesas nubes y pensó en el monje de Hue, que se había empapado con gasolina y se había pegado fuego en una bulliciosa calle de Saigón. Había visto la noticia en la televisión cubana y los reportajes sobre imitadores que habían hecho lo mismo.

—¡Lee! —Su madre le había tirado el periódico con cara de asco—. ¡A ver qué dice tu padre de eso!

La señora Nhu, cuñada del presidente vietnamita, había declarado que aquella racha de autoinmolaciones era una barbacoa, y añadido:

—Que se quemen, nosotros aplaudiremos.

En la calle Le Loi, Domingo se cruzó con un hombre con la cabeza descubierta que vendía dos huevos fertilizados de pato. Domingo sabía que los huevos, hervidos y en sal, eran un manjar en Vietnam. Pagó demasiado por ellos y se los guardó cuidadosamente en los bolsillos del uniforme de faena. A otro vendedor le compró un albaricoque maduro.

Era invierno y el aire era frío. Domingo siguió andando hasta Cholon, el barrio chino. Pasaron corriendo más vendedores con verduras colgadas de palos de bambú. Otros estaban en cuclillas detrás de esteras llenas de plátanos verdes, chirimoyas, pilas eléctricas o cigarrillos. Una mujer desdentada sólo tenía a la venta un libro usado.

Domingo oyó el sonido agudo de una flauta, pero no pudo determinar su origen. Había basura por todas partes, cáscaras secas, sobras podridas en cada sombra gris moho. En un balcón de una calleja había latas oxidadas y apestosas en las que habían plantado enredaderas con frutos. Domingo recordó que su madre solía decir que todos los misterios vienen de la muerte o de seres agonizantes, porque la muerte era el cristal que coloreaba todas las cosas.

Mamá había sido elegida presidenta de la sección Guantánamo de Médicos Cubanos con la Brigada Vietnam. Estaban enviando a Cuba a algunas víctimas del napalm, para recibir tratamiento. Niños que habían perdido los ojos, las orejas y los pies. Cuando su madre se había enterado de que él estaba en Vietnam luchando por los americanos, había dejado de escribirle.

Después de lo de bahía de Cochinos, mamá había predicho que los americanos volverían a invadir la isla. Pero papi había respondido que los yanquis ya no eran ninguna amenaza. Echa un vistazo, había dicho, a lo que comen: pizza, filetes y pasteles triples de dulce de leche. ¿Quién es capaz de hacer la guerra comiendo así?

Papi había creído que la Revolución era mucho más peligrosa que Estados Unidos. Solía leer minuciosamente los artículos sobre China que guardaba desde que los comunistas se habían hecho con el poder.

—En las provincias hay millones pasando hambre a costa del cambio revolucionario. ¿Cómo vamos a apoyar a esos descarados de Cuba que están haciendo lo mismo?

Papi había dicho que la Revolución no funcionaría porque se concentraba solamente en ideas, no en la gente.

—¡Qué arrogancia la del Comandante para rebautizarlo todo! ¡Como si pudiera inventar el futuro!

Lo primero que pensó Domingo cuando Tham Thanh Lan abrió la puerta fue que Danny Spadoto le había mentido. No olía a coco. A lo que olía era a aquel ungüento de tigre que todas las prostitutas vietnamitas utilizaban para levantar las pollas fláccidas. Los ojos de Tham Thanh Lan se abrieron como si lo reconociera, pero volvieron rápidamente a su aire de debilidad y cansancio. Tenía los labios carnosos, de un rojo amapola. A Domingo le resultó familiar, como si la hubiera conocido de niño.

Había oído toda clase de rumores: que las putas de aquellas zonas llevaban cristales rotos en la vagina; que contagiaban una variedad incurable de enfermedad venérea; que a los que la pillaban se les derretía el cerebro y los mantenían aislados de por vida en islas del Pacífico Sur que pertenecían al Tío Sam.

Domingo levantó un paquete que había envuelto escrupulosamente con gasa robada del hospital. Tham Thanh Lan lo miró lánguidamente, como si contuviera algo que ella misma hubiera tirado y esperase no volver a ver. Él siguió allí, con el regalo en alto. Trató de sonreír. Sentía los dientes demasiado grandes para su boca.

Tham Thanh Lan cogió el paquete, quitó la gasa, miró con indiferencia su contenido: la última foto de Danny Spadoto, con la barbilla enganchada en la rama más baja de una ceiba; el cigarrillo a medio fumar que Domingo había quitado de sus labios muertos; la brillante placa de identificación de Danny; su anillo del instituto con el rubí falso, «Instituto Newark, promoción del 66». Ella sólo miró de cerca el anillo, lo sopesó en la mano y se lo guardó en un bolsillo oculto de sus pantalones de raso.

—Me habló de ti —dijo Domingo. Quiso decirle que Danny la había amado, pero no estaba seguro de que fuera verdad. Domingo había recogido del árbol los restos de su amigo y los había metido, uno por uno, en una bolsa de cadáveres. Había cuidado de la bolsa, muerto de dolor, hasta la hora de cenar, en que llegó el helicóptero puntualmente para recoger a los muertos.

Tham Thanh Lan quiso cerrar la puerta, pero Domingo la sujetó. «Por favor.» Procuró no gemir. Su corazón saltaba como cuando iba por Sierra Maestra en compañía de su tío. La mirada de Tham Thanh Lan se posó en él unos segundos, vio el naciente rastrojo de su cabeza afeitada, el vendaje que le hinchaba el tórax, el prometedor bulto de su bolsillo, que sugería un buen fajo de billetes.

—¿De dónde eres? —preguntó.

—De Cuba —dijo—. Soy de Cuba. —Estaba cansado de explicárselo a todo el mundo.

—¿Qué te pasó? —La voz de Tham Thanh Lan era aguda y débil, como un tambor okónkolo.

Domingo no sabía por dónde empezar... que ahora lle-

vaba la oscuridad dentro de sí, que le daba miedo pisar matas.
Quería hablar de los bosques caucheros que había visto, de
la espadaña y las enredaderas rojas que le recordaban a Cuba.
En Vietnam todo florecía a la vez y de repente, no a trancas y
barrancas, como en la mudable Nueva York. ¿En qué momento se había convertido todo aquel follaje en camuflaje?

Domingo rebuscó en sus bolsillos, sacó los huevos de
pato y se los alargó a Tham Thanh Lan. También le dio el
albaricoque.

A Tham Thanh Lan le faltó tiempo para ponerse a her-
vir agua en un viejo cazo de estaño. El vapor llenó el diminuto apartamento. En el techo se acumularon gotas pequeñas y redondas. Domingo percibió un fuerte olor a pescado
podrido. Tham Thanh Lan dijo que normalmente habría
dejado que empollaran los huevos y criado los patos, pero
en Saigón se los habrían robado enseguida. Era mejor comérselos al momento. Luego cortó en rodajas el albaricoque y
lo sirvió en un plato adornado con flores.

Había restos de equipo militar en los estantes de su cocina: hebillas de cinturón, cantimploras, casquillos de car-
tucho, un casco con números y el cincuenta y seis tachado.
De un gancho de un rincón colgaba una piel de serpiente
de un metro y pico de longitud, sus rombos amarillos ya
de color oro viejo. Cubriendo gran parte de la otra pared
había un gran mapa arrugado de Vietnam, salpicado de manchas de tinta. Pegada a aquella misma pared había una cama
de tamaño infantil, bien hecha, con las sábanas manchadas de sudor.

Cuando los huevos de pato estuvieron listos, Tham
Thanh Lan cogió el suyo y rompió la blanda membrana translúcida. Sorbió el líquido, echó sal y pimienta en la yema, la
sacó con una cuchara y se la comió con hojas de *thom*. Domingo le dio su huevo y la mujer se lo comió igualmente.

Domingo se puso a pensar en anécdotas que poder contarle. La vez aquella en que una jauría de negras jamaicanas

había perseguido a su abuelo Lorenzo por toda la bahía de Santiago, decididas a probar su polvillo de la virginidad. O que su tío Desiderio había sido propietario del garito más famoso de La Habana y llevaba una pistola británica atada a la pantorrilla. O que su padre había hecho las mejores empanadillas de gambas de Guantánamo, quizá de toda Cuba. Pero Domingo no estaba seguro de que aquello tuviera sentido para ella.

En vez de contarle cosas, se quitó la camisa y le enseñó las costuras que le había hecho el médico del ejército al coserle los bordes del hueco que le había dejado la metralla.

—Toca —dijo.

Como la mujer no se moviera, Domingo le cogió la mano y se la deslizó por las cicatrices. Sus uñas eran largas y le raspaban ligeramente. Le acarició las manos, al principio con delicadeza, dedo por dedo, hasta que se las llevó a la boca.

El aguacero sacudió la casa, hizo tintinear las jarras de cristal vacías, agitó la descolorida piel de serpiente que colgaba del gancho. La basta cortinilla se abombaba hacia el interior con cada racha de viento. Por la ventana entraron unas cuantas hojas arrancadas por la tormenta. Tham Thanh Lan estaba envuelta en seda pálida y antes de que el hombre se diera cuenta sólo tenía la franqueza de su carne desnuda. Domingo quería verla toda a la vez y le dolieron los ojos por el esfuerzo.

Pensó en el burdel al que le había llevado su tío Eutemio cuando tenía catorce años. Las mujeres iban disfrazadas de geishas, de colegialas, de presas, de sirenas con aletas de caucho manchado. Se decía que la habitación del fondo se había acondicionado como una mazmorra medieval y que en ella había una mujer desnutrida con un antiguo cinturón de castidad que conocían muy bien los herreros de la provincia. Para echar el primer polvo de su vida, Domingo había elegido a una negra de pechos colgantes que le había recordado a su madre.

Domingo acercó la cara a la de Tham Thanh Lan. La mujer tenía los ojos abiertos, pero no había curiosidad en ellos. Sus pezones eran monedas de un marrón oscuro. Dondequiera que besaba Domingo, la leve curva ascendente de los pechos, las piernas delgadas y duras, encontraba olores nuevos. Los granos de betel que el padre de Tham Thanh Lan había masticado el día que la había vendido al vendedor ambulante de salsa de pescado. El pudin de banana que ella le preparaba los domingos por la noche. El olor de los hombres que habían dado al vendedor unos cuantos *dong* por acostarse con la chica del norte.

Una ristra de números recorría la cara interior del muslo derecho de Tham Thanh Lan, que olía a metal enemigo. Contó a Domingo que los números eran el código secreto de un celoso general republicano. Y las cicatrices que tenía en las ingles —abrió totalmente las piernas para que las viese— eran de aquel mismo general, que una vez la había atado a la cama y la había penetrado con un cuchillo. A Tham Thanh Lan le habían dicho dos cosas en el hospital: que ya no podría tener hijos, y que el general se había presentado en la base de mando del ejército y se había disparado un tiro en la cabeza.

Domingo lamió la vulva de Tham Thanh Lan con delicadeza, apartándole el vello con la lengua.

—Lo siento —murmuró—. *Toi nghiep* —repitió en vietnamita.

Pensó en las boas enanas que solía ver en el río Guaso. *Majacitos bobos.* Las serpientes se enroscaban, se hacían una bola y echaban un olor fétido, y sangre por los ojos, para asustar a los predadores. En teoría eran inofensivas, pero la gente contaba todo lo contrario: aquel primo que cayó en trance y croaba como una rana después de haber sido picado por el majá; la tía a la que el dedo pulgar se le había puesto negro y se le había caído, dejando sólo un muñón de aspecto carbonizado.

Domingo era del río Guaso, de las matas donde las serpientes estaban al acecho, de las palmeras donde vivían los bulliciosos periquitos, enseñando manchas rojas bajo las alas. Había pasado toda la infancia junto a aquel río, creyendo que nunca lo abandonaría, bañándose bajo el palio de sus árboles susurrantes.

Hundió la cara entre los muslos de Tham Thanh Lan, aspiró su sufrimiento, anhelando el perdón. Oyó los ladridos de un perro en la calle, luego no oyó nada más, salvo los gemidos de placer de Tham Thanh Lan. Cuando ella lo besó, su vehemencia le hizo sangre en los labios, le chupó el aire de los pulmones. Luego le facilitó el camino hacia su río de miel hasta que mezclaron sus dulces aguas lejanas.

Un denso manto de nubes cubrió Saigón mientras Tham Thanh Lan dormía. El viento gimoteaba con una incesante música húmeda, repitiendo un refrán africano en la cabeza de Domingo: «La brisa es viento, pero el huracán también.»

Dormía a rachas, pero la mayor parte del tiempo estuvo observando a Tham Thanh Lan. Le confortaba su respiración uniforme, sus labios pintados e inmóviles. Pasó un dedo por su cadera, tocó la vibrante venilla azul de su frente. Parecía tranquila, un rocío de flores. Sólo se movían sus pies, como si estuvieran corriendo hacia alguna parte, primero uno y luego el otro. Por primera vez desde que había salido de Cuba, Domingo no tenía otro deseo que quedarse exactamente donde estaba.

> *Dos gardenias para ti,*
> *con ellas quiero decir:*
> *te quiero, te adoro, mi vida,*
> *ponle toda tu atención*
> *porque son tu corazón y el mío...*

Domingo soñó con los peces ciegos de Cuba. Los había visto en las charcas subterráneas del sur de Alquízar, adonde había ido con el club de ciencias del instituto. Los ojos de los peces habían degenerado y su piel era casi transparente. Estaban inmóviles, suspendidos junto a las paredes y el fondo de las charcas. En el sueño había nadado con los peces en sus frígidas aguas, dando vueltas y más vueltas en la oscuridad hasta que le salieron aletas en la barriga y la espalda.

Tham Thanh Lan se agitaba a su lado, susurrando algo en vietnamita. Domingo miró su rostro y se preguntó qué tendría que ver el amor con la memoria. ¿Removía el pasado de la misma manera que una canción? El cuerpo, sospechaba, lo almacenaba todo en la carne. Los lugares calentados por el sol de su cama infantil. Las palmeras del parque Martí aplazando la oscuridad. Su tío Eutemio le había contado una vez que todas las personas llevaban las cicatrices de cada año en el cuerpo, como el tronco de un árbol.

Varias personas pasaron a visitar a Tham Thanh Lan mientras dormía. El encargado del Refugio de Bambú llegó tocando una plateada campanilla de anunciar la cena y amenazando con descontarle la paga. Como Domingo no quiso abrir la puerta, el encargado entró por las bravas y zarandeó a Tham Thanh Lan por el hombro, pero no pudo despertarla. Acercó a su boca una oreja llena de sabañones, comprobó que la mujer respiraba y se fue entre un torrente de obscenidades.

Otra chica de alterne, una amiga mestiza de Tham Thanh Lan, llegó con ciruelas pasas. Se quedó al lado de la cama de Tham Thanh Lan, con cara de resignación y desánimo, como si hubiera llevado la fruta para venderla.

—Pensé que estaría enferma —dijo. Se recorrió los costados con manos revoloteantes, como para borrar cualquier mal duradero.

Domingo había oído las anécdotas sobre las familias francesas de Burdeos y Nantes que habían llegado a Guantánamo para enriquecerse con el azúcar. ¿Qué riqueza, se preguntaba, habían buscado los franceses en Vietnam?

Domingo le dijo que Tham Thanh Lan no volvería al trabajo.

—Yo me encargaré de ella a partir de ahora. —Se sorprendió al oír la determinación de su propia voz.

Un par de soldados norteamericanos llamaron con fuerza a la puerta una hora más tarde. Miraron el número de la casa en un papel arrugado y pusieron cara de desilusión cuando abrió Domingo.

—¿Cuándo nos toca? —preguntó el retaco rubio.

—¡Nunca! —gritó Domingo y cerró de un portazo.

Tham Thanh Lan despertó al cabo de tres días. Al principio no se movió, sino que se quedó mirando al techo. Sus manos buscaron la lisa llanura de su vientre, el herido bulto de seda húmeda. Se acarició, se frotó las costuras y cicatrices que tenía entre las piernas. Finalmente se volvió a Domingo y sonrió:

—Tengo un niño dentro. Tengo un pequeño mundo.

Las peonías

La Habana
(1899)

Era la mañana de un domingo de abril prematuramente cáli-
do. Chen Pan no quería visitar el cementerio chino, pero
Lucrecia había insistido. Era fiesta y la gente llevaría comida y flores a sus antepasados. Decorarían las lápidas fami-
liares con faroles y papel rojo, y contarían los sucesos del año
a los difuntos. El olor a incienso quemado llenaría el aire.

Chen Pan se puso el traje de lino blanco, el color del luto
en China. Tenía sesenta y dos años. Lucrecia cuarenta y ocho.
¿Cómo podía estar muriéndose? Los mejores médicos del
Barrio Chino lo habían confirmado, así que tenía que ser
cierto. Lucrecia tenía negras las partes femeninas, su matriz
se estaba reduciendo a un punto. De la noche a la mañana
el cabello se le había vuelto blanco. Ahora estaba tan delgada y erecta como una espiga de trigo. Lucrecia había querido afeitarse la cabeza como un monje chino, pero Chen Pan
la había disuadido.

Los médicos del Barrio Chino habían probado todos los
remedios: raíz de áloe cogida en invierno, caña de azúcar
puesta al sereno durante tres años, ardisia mezclada con hierbas curativas de santeros de confianza. Nada sirvió. La pobre
Lucrecia, decían, estaría muerta para julio.

—¿Por qué tardas tanto? —Lucrecia se había puesto el
vestido de Pascua. El sombrero era inmenso, con festones
de tul y cintas azules. En el ala llevaba un colibrí de plumas, encaramado precariamente. Aquel día parecía más
joven, como poseída por una fuerza vital. En una cajita de

laca llevaba velas para los muertos. Había envuelto las más largas en el papel más delgado, verde girasol.

Chen Pan pensaba que Lucrecia se había preocupado excesivamente por agradar a sus vecinos del presente. Ahora buscaba congraciarse también con los futuros. Se calzó los zapatos, atando y desatando los cordones hasta que los lazos quedaron simétricos. No quería negar nada a Lucrecia aquellos últimos meses, pero ¿era necesaria aquella visita al cementerio?

Chen Pan estaba levantado desde antes del amanecer. Tenía los ojos rojos e hinchados, como si hubiera estado bebiendo vino hasta pasada la medianoche. Decían que la vejez y la sabiduría traían serenidad, pero a él no le habían aportado nada semejante. La noche anterior había vuelto a tener el mismo sueño: un lobo hambriento lo seguía a una distancia fija, esperando para comérselo. Chen Pan había despertado tan aterrorizado que no pudo volver a dormirse. Aquel día, se dijo, echaría una siesta vespertina, que era una alternativa más pacífica. El sueño le recordó a la viuda de las montañas que había llegado a su aldea cuando era niño. La gente decía que un lobo le había arrebatado a su hijo pequeño en la puerta de su casa y que se había vuelto loca.

Lucrecia esperaba a Chen Pan en la planta baja, fumando un pequeño cigarro. El doctor Yu, que tenía el cabello largo y flotante como San Liu, culpaba al tabaco de empeorar el estado de Lucrecia. Decía que el cuerpo de las mujeres no estaba hecho para absorber bien el humo, que no les entraba en los pulmones, sino en la matriz, que lo inhalaba directamente, intoxicándola sin remedio.

—Ya oíste lo que dijo el médico —la reprendía Chen Pan—. ¿Tanta prisa tienes por dejarme?

—¡*Por favor!* ¡Si lo que dijo fuera cierto, media Habana se estaría muriendo también!

No servía de nada discutir con Lucrecia. En una época había sido una mujer razonable. Ahora discutía con todo el mundo, sobre todo con su hija. Caridad había amenazado con escaparse si no la dejaban ir con la compañía de cómicos de la legua de Camagüey. Tendrían que casarla pronto, pensó Chen Pan con tristeza.

Unos días le dolía tanto la matriz a Lucrecia que tenía que guardar cama. Otros parecía estar casi bien y ella y Chen Pan paseaban por la costa para ver a las fregatas lanzarse de cabeza al agua. Sentía la inminente muerte de Lucrecia como un viaje que él estuviera preparando para ir a tierras lejanas, a China quizá, adonde seguía prometiendo que irían antes de que ella muriera.

—¡Vamos, no tenemos todo el día! —dijo Lucrecia. Se colgó de su brazo mientras recorrían la calle Zanja.

Las tiendas estaban cerradas, pero por la calle deambulaban algunos vendedores. Un hombre desaliñado se paseaba con un cántaro de garapiña en la cabeza. Chen Pan compró dos vasos de aquella bebida hecha con piña fermentada. Estaba tan dulce que le dolieron las muelas. Después de cuarenta y dos años en Cuba, Chen Pan no se había acostumbrado a la cantidad de azúcar que le ponían a todo. En China, el azúcar blanco era un lujo para ricachones. Allí era tan común que se echaba a puñados en sopas y guisados.

Lucrecia apuró la garapiña de un trago. ¿Cómo podía estar tan enferma, se preguntaba Chen Pan, y beber de aquella manera?

El día anterior, Lucrecia había despertado con un sudor que a Chen Pan se le había pegado a los dedos como si fuera goma. Y desprendía un olor que a Chen Pan le pareció ajeno a su mujer, una mezcla de aguarrás y paja vieja. Lucrecia también debió de notarlo, porque se bañaba día y noche con un surtido de jabones nuevos que burbujeaban y hacían espuma como un cangrejo de río desovando.

—Esperanza Yu me dijo que Pekín tiene la mejor ópera. Dijo que hay un acróbata allí que puede dar noventa y seis saltos mortales seguidos.

—Podríamos ir y volver en cinco meses —se ofreció Chen Pan.

—Si no quieres enterrarme en el cementerio chino, entiérrame en el huerto. Así enriqueceré las verduras.

¡Cuánto le gustaba el huerto a Lucrecia! La higuera y sus obstinadas raíces. Los surcos de hierbas ordenadas cariñosamente en brocados verdes. Las mariposas que revoloteaban por la buganvilla como los clientes en El Hallazgo Afortunado. ¿Quién se ocuparía de todo aquello cuando se hubiera ido? Sólo la tía abuela de Chen Pan había amado más su propio huerto. Por la noche, el aroma de las flores se había mezclado con el de los trigales y las matas del río.

—Antes de morir quiero ir a las montañas. Tú mismo dijiste que es donde se encuentran las fuerzas del cielo y de la tierra.

—Eso sólo es verdad en China —dijo Chen Pan.

—No entiendo por qué no puede serlo también en Cuba.

La familia de Lucrecia era de Sierra Maestra, y la anterior del Congo. Sus abuelos habían sido esclavos fugitivos, cimarrones como Chen Pan. Durante años había vivido en un grupo de bohíos de las montañas de Guantánamo y habían cultivado quingombó, maíz, calabazas y batatas. Lucrecia le había contado que su tío había llegado a estar tan hambriento en cierta ocasión que se había hecho un caldo con el gato de su madre. Era el mismo tío que más tarde había vendido a su hermana en La Habana, al bastardo de don Joaquín.

En la calle San Nicolás, un vendedor de zapatos iba de aquí para allá con la mercancía colgada de una vara.

—¡Zapatos! ¡Zapatillas!

Lucrecia se detuvo a inspeccionar las zapatillas. Quería unas bonitas para su entierro. Chen Pan suspiró. ¿Cómo podía ser tan macabra? ¿Es que no le importaban en absoluto los sentimientos de él?

Lucrecia eligió unos zapatos con bordados de tacón alto,

pero el vendedor no tenía su número. Sus pies, en efecto, eran excepcionalmente grandes y a menudo tenían que hacerle el calzado a la medida. Por este motivo, los comerciantes del Barrio Chino la habían criticado. Hombres de lengua musgosa que no saben nada del amor, pensaba Chen Pan. Para ellos, un hombre con una mujer era una vulgaridad, una necesidad del cuerpo, nada más. Guardaban para sí sus sentimientos más profundos.

Cuando sugirieron a Chen Pan que fuera a buscar novia a China, como había hecho Ibrahim Wo, Chen Pan no les hizo caso. Todo el mundo había admirado a la mujer de Ibrahim, una muñeca de quince años de C***, hasta que mató a Ibrahim echándole veneno en el té. Otra novia adolescente se había suicidado al ver el aspecto de su anciano prometido. Un melón verde, había advertido Chen Pan a los hombres de la barbería, no cede tan fácilmente al cuchillo.

Sus amigos creían que las mujeres en general eran una amenaza para el género masculino. ¿Cuántos reyes y ministros, sabios y santos habían encontrado la perdición por culpa del sexo presuntamente débil? Hacía poco les habían contado que en China las esposas infieles ya no se arrojaban a los pozos y que las viudas se volvían a casar sin amenazar siquiera con suicidarse.

—¡Qué poco respeto! —exclamaban. Pero Chen Pan no compartía sus puntos de vista.

Lucrecia y él no se habían casado, pero ¿había impedido eso que tuvieran hijos? Chen Pan había acariciado el vientre crecido de Lucrecia, bromeado con ella por ser su concubina, asegurado que no había mayor placer que tener hijos en la vejez.

—Demasiado calor para cocinar —decía a menudo, incluso en invierno, y la llevaba a comer a la tienda de fideos de Oscar Shoy.

—Mi amor, te he hecho una pregunta. —Lucrecia lo miraba con expectación.

—¿Cuál? —Chen Pan se volvió hacia ella.

—Después de morir, ¿me convertiré en fantasma? —repitió Lucrecia.

Chen Pan no supo qué decirle. Aunque era tentador creer en el Paraíso de la Tierra Pura, también lo era la paz de una eternidad vacía.

—No estoy seguro —dijo Chen Pan, y su ánimo decayó aún más.

En la calle Cuchillo, apoyado en una pared mugrienta, había un mulato con el pecho desnudo, arrancándose los piojos y metiéndoselos en la boca. De un garito cercano salieron dos borrachos dando bandazos. El más pequeño era famoso por su poderosa voz de cantante y la cara del otro era tan marrón y agrietada como una nuez. A Chen Pan también le gustaba el juego, pero su familia no había pasado hambre por esta costumbre. Sus amigos decían que siempre lo acompañaba la suerte. Era cierto. Sus monedas se convertían irremediablemente en pesos, los pesos en plata y la plata en oro.

Lucrecia no aprobaba que Chen Pan jugase, pero lo ayudaba con los acertijos de las charadas. Toda La Habana estaba chiflada por aquel juego. Todos hablaban de ovejas, ratas y pavos reales hasta que Chen Pan pensó que la ciudad se había vuelto loca. El último mes, Lucrecia había adivinado este acertijo: «Siempre está de viaje y siempre está en su casa.» El caracol, desde luego.

Y ahora su hijo Desiderio tenía intención de abrir un garito a cuatro manzanas de El Hallazgo Afortunado. Lucrecia culpaba a Chen Pan por haber malcriado a su hijo mayor. ¿Era esto lo que pasaba cuando un hombre esperaba demasiado para tener un hijo? Chen Pan estaba convencido de que había demasiado calor en la dieta de Desiderio: cerdo frito y ternera picada regados con muchas botellas de vino importado. Unas comidas más frías le vendrían bien: fruta, verduras, cualquier cosa del mar, sobre todo cangrejos. O hierbas como las peonías blancas.

Por suerte, Lorenzo era más razonable, educado, reflexivo y amable. ¡Cómo lo echaba de menos Chen Pan! ¿Por qué era tan difícil retener a un buen hijo? Lorenzo se había ido a China hacía diez años y les escribía cada varios meses contándoles sus tribulaciones. Lucrecia creía que su hijo volvería antes de su fallecimiento. Chen Pan no decía nada que pudiera desanimarla.

Calle abajo, Lucrecia se detuvo delante de un escaparate lleno de abanicos españoles. Muchas señoras de La Habana no iban a ninguna parte sin uno. ¿De qué otra manera podían decir lo que les habían enseñado que no debían expresar nunca directamente? Lucrecia era demasiado sencilla para semejantes tonterías. En el centro del escaparate, abierto encima de un pedestal, había un abanico pintado a mano. Las varillas eran de marfil con incrustaciones de oro y tenían diminutos espejos ovales en los dos extremos. Al menos trescientos pesos, calculó Chen Pan. Esperaba que Lucrecia no incluyera aquello en su tumba.

Una impasible matrona con un vestido de raso con muchos frunces pasó en coche junto a ellos, sobresaltando a un mendigo que se abanicaba con una hoja de banano. Chen Pan había visto antes a la mujer, su rostro redondo y carmesí era inconfundible, pero no conseguía recordar dónde. ¿Sería clienta de su tienda?

—Ahí tienes una —dijo Lucrecia en broma, señalando la espalda de la matrona. Últimamente lo animaba a que buscase otra mujer. Aquello era más de lo que Chen Pan podía soportar. No había ninguna otra a la que pudiera amar y Lucrecia lo sabía.

—¡Bah! —exclamó Chen Pan. Levantó los ojos hacia una fila de palmeras perfiladas contra el cielo insulso y descolorido. Todo era inútil, se dijo, equivalente a no hacer nada en absoluto. ¿Qué sentido tenía trabajar, hablar, bañarse o regatear cuando Lucrecia se estaba muriendo?

Si al menos las tiendas de vino abrieran pronto, se detendría a tomar un par de tazones. Quizá con un plato de brotes de bambú salados. ¿De qué otra forma se podía soportar aquel tormento? Cuando más pesaroso estaba, Chen Pan se tomaba el vino tinto y recitaba un par de poemas.

> *Bañada en perfume,*
> *no te cepilles el sombrero;*
> *lavada en fragancias,*
> *no te sacudas la bata.*

> *Sabiendo que el mundo*
> *teme lo demasiado puro,*
> *el más sabio de los hombres*
> *valora y guarda la luz.*

A menudo, los poemas le producían una sensación de intensa soledad. Y su soledad crecía día tras día, rodeándolo como una serpiente. Hacía muchos años había soñado con volver a su aldea, en un palanquín propio, en primavera, cuando las casias estuvieran en flor. Aquel sueño, como los otros, había quedado en el olvido y Chen Pan no lo había lamentado. Entonces, ¿por qué aparecía ahora la vieja tristeza, inundándolo y pudriéndosele en el pecho? Pensó en su padre, que había sido un héroe durante unas semanas después de muerto. ¿Quién, además de Chen Pan, iba a recordar aquello?

Le parecía que la auténtica tragedia de la vida era levantar la voz entre los vivos y recibir a cambio indiferencia. En la barbería los hombres hablaban de las viejas costumbres, por las que sentían una veneración exagerada. Recordaban con cariño los tiempos en que, en las ejecuciones, se esperaba que los criminales cantaran un par de versos de ópera para entretener a los mirones antes de que les cortaran la cabeza. Y los guerreros solían arrancarles el corazón a sus enemigos, freírlos en aceite y comérselos para aumentar su valor.

Pero ¿quién, se preguntaba Chen Pan, era su enemigo? ¿Qué cabeza ajena podía estrellar contra un muro? Él sólo sabía que se comería con gusto los corazones que hiciera falta si así salvaba a su mujer.

Cuatro años antes, Chen Pan había querido ensillar un caballo y entrar montado en la batalla detrás de José Martí. Aquella vez le habría gustado luchar, no sólo llevar unas cuantas armas, como había hecho durante la Guerra de los Diez Años. Habían pasado treinta, pero ¿qué importaba que su cabello y sus cejas se hubieran vuelto blancos y sus piernas débiles por vivir en la ciudad? Lucrecia se las había arreglado para convencerlo de que se quedara.

En vez de ir, Chen Pan acabó enviando a los rebeldes todo el dinero que había ganado a costa de los españoles, que habían salido de Cuba en tropel. Muchos habían perdido su fortuna en la guerra y se habían deshecho de sus tesoros en su tienda. Chen Pan había revendido inmediatamente aquellas mercancías a sus clientes extranjeros, con un alto beneficio. Sólo se quedó un objeto, un bastón tallado en forma de serpiente que había comprado a un viejo *gallego*.

No fue fácil encontrar comida durante la guerra, a pesar del dinero que había ganado. Unos vecinos desesperados habían asaltado el huerto de Lucrecia, dejándoles sólo unas matas de colocasia y unos brotes de batata para comer. Los malos tiempos hicieron recordar a Chen Pan su niñez, los impuestos y la carestía, los soldados y bandidos explotando a su familia hasta dejarla seca.

Lucrecia y él habían estado en El Moro cuando los soldados habían izado la bandera cubana. Miles de personas bailaban en las calles. Chen Pan, sin embargo, no había estado de humor para celebraciones. Recordaba que, después de la guerra de Secesión norteamericana, los refugiados confederados habían pasado a Cuba desde el sur de Estados Unidos y empeñado en su tienda sus armas y sus broches de perlas. Los cubanos se habían sentado en las rodillas de aquellos norteamericanos como perritos que gimen pidiendo las sobras. Ahora se estaban humillando de un modo parecido.

Había varias familias en el cementerio chino, presentando sus respetos a los muertos. Cuando Chen Pan había acompañado a Lucrecia al cementerio Colón la semana anterior, a ella no le había gustado. Casi todas las tumbas de cubanos estaban sin cuidar. Había telarañas por todas partes y muy poca sombra. Unos insectos con rayas se apelotonaban zumbando en los charcos y en los hoyos húmedos.

Por el contrario, el cementerio chino parecía tan ordenado como la propia cocina de Lucrecia. Los sauces daban nuevos vástagos. La hierba era húmeda y verde. Nadie parecía olvidado allí. Las tumbas de los jugadores, los mendigos y los sin familia (incluido el jorobado que vendía artículos de mercería y había pasado todo su tiempo libre en la tienda del té) también se rociaban respetuosamente con agua. Allí ningún espíritu pasaba hambre.

Chen Pan y Lucrecia anduvieron por los barridos senderos de tierra, saludando a las familias que merendaban al lado de las lápidas. Hilario Eng y sus hermanos, todos tratantes en queso de soja, estaban solemnemente reunidos alrededor de la tumba de su padre, colocando platos y un cuenco de arroz caliente. Otros quemaban billetes de banco o dejaban coronas, y lloraban.

Para el sacrificio del Año Nuevo, allá en la madre patria, las mujeres solían matar pollos y pavos, y comprar mucho cerdo. Se iban a la orilla del río y lavaban arroz para la festividad. Hasta la misma madre de Chen Pan, célebre por su pereza, se unía a la limpieza y el fregoteo hasta que el agua le enrojecía los brazos. Chen Pan oía en su cabeza durante varios días las explosiones de los petardos.

—Allí —dijo Lucrecia sonriendo, señalando un lugar sombreado al pie del granado—. Allí es donde quiero que me entierren.

Chen Pan trató de imaginar a su mujer tendida pacíficamente en un ataúd, las manos en la cintura, como si nada. ¿De verdad soportaría que la tapa de la caja cayese sobre ella?

Había un cuervo en una rama alta del granado. «Envíame una señal», pidió Chen Pan, frotando el medallón que guardaba en el bolsillo a modo de talismán. «Dime que Lucrecia no morirá.» Pero el cuervo estaba tieso, inmóvil como una escultura de El Hallazgo Afortunado. Chen Pan había rezado con desesperación a sus antepasados, y a Buda, y toda la colección de santos de Lucrecia. Tampoco le había servido de nada.

Después de llevar los machetes al comandante Sian en 1869, Chen Pan, al volver, estaba dispuesto a morir. Fue Lucrecia quien lo salvó. Lo había bañado y limpiado una herida infectada que lo había dejado cojo de por vida.

—Tienes suerte de no haberte quedado sin pierna —le dijo con actitud de reproche.

Con el paso de los años, Chen Pan le había revelado algunas escenas y episodios de aquel viaje: los campos abarrotados de hombres agonizando, la cobardía de los españoles, que habían dejado a sus heridos pudriéndose en los campos de batalla. En las zonas más agrestes de las montañas, los rebeldes comían naranjas agrias y copas de palmera. A veces cazaban hutías gordas y las asaban al fuego. (En aquellos tiempos, los bosques eran tan densos que los roedores podían correr por las copas de los árboles durante semanas.)

Lucrecia había preguntado a Chen Pan si había visto matar a alguien. Le habló del soldado español, un niño en realidad, que había pedido clemencia en perfecto cantonés.

Aquello había emocionado al comandante Sian, pero éste le rebanó el cuello de todos modos.

Se sentía infeliz, pero Lucrecia había ayudado a Chen Pan a instalarse de nuevo en la calle Zanja. Pintó la vivienda de un azul suave y se encargó de que en el altar de Buda humeara siempre el incienso. Al lado puso una imagen de Yemayá, en honor de su madre, y le ofreció sandías y jarabe de caña, y de vez en cuando una gallina. Chen Pan volvió a vestirse con ropas tradicionales chinas, pantalones holgados de algodón y túnicas de anchas mangas. No tocó su antigua indumentaria de señor elegante. Decidió que no quería saber nada de ninguna cosa moderna.

Si Lucrecia quería ser enterrada bajo el granado, pensó Chen Pan suspirando, lo arreglaría. Su mejor amigo, Arturo Fu Fon, le había dicho esto a Chen Pan: «No se puede asegurar que exista la esperanza, pero tampoco que no exista. Es como los caminos que recorren la tierra. Porque, en principio, la tierra no tiene caminos, pero cuando muchos hombres pasan por un sitio, se hace un camino». Nunca se sabía de quién era lo que decía Arturo Fu Fon, pero a menudo parecía digno de grabarse en tablillas de bambú. Los hombres del Barrio Chino iban a su barbería por aquellos juicios, no por sus pasables cortes de pelo y afeitados.

En el extremo más alejado del cementerio había un chino gordo, al que Chen Pan no reconoció, fumando una pipa de casi un metro de longitud, con la cazoleta de peltre. Chen Pan pensó que podía comprarla para la tienda. ¿Bastarían cincuenta pesos? Las curiosidades chinas se estaban popularizando entre los turistas de Europa. Cuando sus amigos regresaban a China, les daba dinero para que le compraran reliquias destinadas a El Hallazgo Afortunado. Multiplicaba fácilmente la inversión por diez, a veces por mucho más.

Chen Pan hizo una leve reverencia y retrocedió, con un desconcertante zumbido en los oídos. Sintió una ráfaga fría en su interior, aunque el día era húmedo y el cielo de un azul apagado. A su alrededor, los árboles murmuraban inmóviles. De las tumbas regadas con exceso se elevaba un vapor tenue. Tuvo un repentino deseo de comer sandía, las de color verde jade que crecían en China junto a las costas.

Se reunió con Lucrecia al pie del granado. Lucrecia estaba pensando en las flores que quería que rodeasen su tumba. Había plantado un macizo de peonías en el huerto, para Chen Pan. Eran las flores favoritas de éste, crecían silvestres en los campos que rodeaban su aldea. Cuando Lucrecia se hubiera ido, él miraría las peonías, pronunciaría su nombre en la brisa. Luego encendería una vela en su nombre y vería el humo elevarse hacia el cielo.

—Mírame —Lucrecia lo cogió de la manga.

Chen Pan no dijo nada. Se sentía como si todo su cuerpo se estuviera descomponiendo en motas de polvo. Se imaginaba subiendo, dando vueltas, fundiéndose con las nubes, originando una tormenta eléctrica.

Lucrecia lo observó largo rato.

—Más de la mitad de mi vida he sido feliz —dijo con dulzura—. ¿Cuánta gente puede decir eso?

Al volver a casa, Lucrecia tuvo un repentino deseo de comer gambas al ajillo. Chen Pan la llevó al restaurante de Alejandro Poey, en la calle de la Salud. Lucrecia pidió un plato tras otro, mientras Chen Pan la miraba, demasiado desanimado para comer.

Cuando era pequeño pasaba días enteros en la orilla del río, desenterrando lombrices para clavarlas en los anzuelos que hacía con alambre. Sus amigos y él habían llegado a la conclusión de que las gambas eran las criaturas más inútiles que había, porque utilizaban sus propias pinzas para meterse la punta del anzuelo en la boca. ¡Vaya, hasta el pez más necio tenía más sentido común!

Después de comer, los movimientos de Lucrecia parecían lentos y pesados, como si forcejeara bajo el agua. Tuvo dificultades para subir por la escalera de casa. Cuando Chen Pan fue a ayudarla, estaba sin aliento y le echaba la culpa al ajo de las gambas.

Lucrecia se quitó jadeando el sombrero de Pascua, la chaquetilla, el corpiño azul verdoso, la falda y los refajos, hasta que se quedó en enaguas. Luego se sentó al borde de la cama y se soltó el pelo. Chen Pan le quitó las botas y las medias. Tenía los pies hinchados y llenos de ampollas.

Le llevó un pañuelo empapado en agua fresca y se lo apretó contra las sienes. Los ojos de Lucrecia parecían inusualmente grandes, el blanco tan limpio como servilletas almidonadas. Parecía tan acalorada y hermosa que Chen Pan casi la besó en la boca. La acostó para que durmiera y le cogió la mano. La muñeca le latía con rapidez, como si fuera independiente de ella, un pájaro atrapado, con el pardo plumaje liso y seco. De repente se paró el pulso.

Las nubes bajas y oscuras se iluminaron con relámpagos y la temperatura bajó con brusquedad. Si no hubieran estado en Cuba, Chen Pan habría esperado que nevara, grandes pétalos de nieve que bajarían planeando a la tierra y al llegar la tarde sepultarían todo indicio de vida.

La pequeña guerra

De Santiago a La Habana
(1912)

Chen Pan estaba sentado en un sillón de barbería de Santiago de Cuba cuando su hijo Lorenzo recibió la noticia de que su mujer se había puesto tempranamente de parto; era su tercer hijo. Lorenzo tenía el pelo a medio cortar cuando dio un bote bajo las tijeras de Francisco Ting. Había diecisiete horas en tren hasta La Habana en circunstancias óptimas, y los tiempos no eran buenos. La víspera se había propagado el rumor de que los negros estaban armándose con mosquetes y machetes, y preparándose para emprender una guerra sin cuartel que podía acabar con todos los criollos.

Chen Pan no se lo creía. Pero ¿qué importaba su opinión? Veía cómo trataban a los chinos, incluso a los respetados como Lorenzo. Cuando los criollos necesitaban atención médica, eran muy respetuosos con su saber, y todo era doctor Chen por aquí y doctor Chen por allá. El mismo alcalde de Santiago, Periquito Pérez, había celebrado un banquete en honor de Lorenzo por haberle curado unos calambres que tenía en la pierna y que se la dejaban inútil. Pero Chen Pan era inmune a sus adulaciones. Cuando los tiempos eran difíciles o el trabajo escaso, sabía muy bien que ellos sólo eran *chinos de mierda*.

La estación del ferrocarril estaba abarrotada de gente que se peleaba para subir al tren vespertino de La Habana. Chen Pan se apoyó en la taquilla mientras veía a Lorenzo abrirse paso hacia la estación. Con una mano tiraba de su hijo Meng; en la otra llevaba el maletín de las hierbas y pociones curativas. Las maletas estaban en el hotel Fong, con la factura sin pagar. Ya arreglarían aquello cuando estuvieran en casa.

Lorenzo volvió con tres billetes de primera clase. Chen Pan no se sorprendió. Su hijo había vivido más de diez años en China sin conocer apenas el idioma. Chen Pan rió cuando Lorenzo le contó que a cambio de los billetes había dado una cantidad de polvo de la virilidad suficiente para seis meses. Resultó que el jefe de estación era cliente habitual de las salas de baile de Santiago y sus problemas, muy oportunamente, habían llegado a oídos de Lorenzo la semana anterior, mientras hacía la ronda de visitas. Chen Pan, Lorenzo y Meng se abrieron paso hasta el compartimiento y se sentaron en los asientos vacíos de la ventanilla.

Una pareja muy encopetada se sentó junto a ellos. La mujer llevaba una pamela elegante e impertinentes de oro. Eran belgas, dijeron, y acababan de visitar a su hija y a su yerno cubano, que vivían en San Luis. La experiencia les había disgustado profundamente. El otro pasajero, un joven adornado como una mujer, con chaleco de botones y botas resplandecientes, pasó la mayor parte del tiempo mirándose en el espejo que había encima de su asiento. Sus botas crujían cada vez que movía los pies.

La locomotora de vapor resopló y rugió. Los vendedores hacían las últimas ventas en el andén. Lorenzo compró media docena de emparedados de jamón y una botella de zumo de mandarina. Meng comió con voracidad. Sólo tenía siete años, pero era tan alto y corpulento como un niño de diez. Su hermano mayor, Shoy, era más delgado y parecía mucho más joven que Meng. Chen Pan se preguntaba qué aspecto tendría su tercer nieto (no dudaba que sería un varón). Había sugerido que lo llamasen Pipo, como el alegre trino de un pájaro.

¡Ojalá Lucrecia hubiera vivido para conocer a sus nietos! Parecía imposible que llevara trece años muerta. Chen Pan recordó cómo había dado a luz a sus hijos, expulsándolos como flores rojas y húmedas sin ningún problema. La habían enterrado en el cementerio chino, a la sombra del granado, tal como había querido. La parcela de Chen Pan le estaba esperando al lado de la de ella. A menudo ajustaba el tiempo en su cabeza para que Lucrecia estuviera todavía con él, viviendo en su carne, con el cabello de un negro mullido. Recorría los recuerdos de su mujer con delicadeza, hacia delante y hacia atrás. ¿Qué otra cosa podía hacer?

Chen Pan no era tan viejo cuando Lucrecia murió. Sus amigos le habían dicho que tomara otra mujer, que tuviera más hijos. Cuando pasaba se lo quedaban mirando.

—Ahí va Chen Pan —decían—. Vivió en la selva durante un año y luego abrió la mayor tienda del Barrio Chino. —Las criollas otoñales habían seguido coqueteando con él en la tienda.

—¡Ay, señor Chen, el único hallazgo afortunado que hay aquí es usted! —canturreaban mientras volvían tambaleándose a los coches de caballos.

Y ahora, allí estaba Lorenzo, esperando el nacimiento de otro hijo. Lorenzo había conocido a su segunda mujer en Cantón, en el puesto de fideos de alforfón donde trabajaba ella. Chen Pan entendió por qué su hijo se había enamorado de Jinying. Era obvio que tenía un *ch'i* excelente. Su sangre cantaba con fuerza y en sus ojos brillaba la vida, todo estaba equilibrado. Su cocina era también una mezcla perfecta de elementos.

Lorenzo había tenido tres hijos más allá en China, con su primera mujer, dos chicas y un chico. Si Lucrecia estuviera viva, habría ido a visitarlos. Lorenzo dijo que su primera mujer era hermosa, pero, al igual que las estrellas, era fría e inhóspita. Le enviaba dinero para que a sus hijos no les faltara nada: dotes sustanciosas para las chicas; educación escolar para el chico. Quizá el muchacho pasara por Cuba un día y les enseñara chino a todos.

La oscuridad se extendía por el horizonte, dando a las montañas un brillo sobrenatural, como si hubieran encendido una hoguera en sus profundidades. Hubo un revuelo en el pasillo del vagón. Chen Pan vio a dos hombres llegar a las manos por una noticia que traían los periódicos. El gordo gritaba que unos negros habían violado a una maestra de escuela en Ramón de las Yaguas y luego se la habían comido. ¿Se tambaleaba por culpa del traqueteo del tren o porque había bebido demasiado? Su enjuto y esmirriado interlocutor se sintió ofendido por los comentarios del gordo y lo abofeteó en la cara.

Chen Pan sentía como si tuviera dos piedras apretándole las sienes. ¿Cómo era posible que el miedo bloqueara de aquella manera el pensamiento racional? Él tenía cuarenta años más que aquellos imbéciles y podía pensar con mucha más claridad. Chen Pan señaló a los dos hombres con la cabeza y miró a su hijo con una mueca de asco. Lorenzo se encogió de hombros. ¿Qué podía hacerse? Meng roncaba suavemente, la mejilla aplastada contra el cristal de la ventanilla. Los belgas seguían imperturbables, con la vista fija en sus libros encuadernados en piel.

Chen Pan vio una guirnalda de gansos volando resueltamente hacia el sur. Había una cabaña en ruinas y abandonada al borde de un campo de caña de azúcar. Si los hombres que discutían no se fijaban bien, podían tomar a su hijo por un mulato de piel clara. Si se fijaban bien, verían que los ojos de Lorenzo eran chinos al ciento por ciento. ¿Lo lincharían para salir de dudas? Chen Pan sabía que todos los hombres, a su manera, eran víctimas de algo, de los vientos del norte, de las humedades invernales que pudren, del calor veraniego que abrasa. ¿Qué tenía que ver aquello con la raza?

El humo de un incendio cercano oscureció el horizonte septentrional. ¿Estaban limpiando los campos de azúcar en una época del año tan temprana? El tren entró en la estación de Jiguaní, llena de humo negro y maloliente. Niños con pañuelo en la cara vendían la última edición de los periódicos. Chen Pan pudo leer un titular: ¡LOS NEGROS ARRASAN EN ORIENTE! En aquel instante se abrió la puerta del compartimiento y un mozo muy serio y con un crujiente uniforme blanco empezó a servirles pastelillos y té que llevaba en un carrito. La pareja belga dejó a un lado los libros y se dispuso a dar cuenta del piscolabis.

—¡Babá! —Meng se despertó y se echó a llorar. Señaló la ventana. Al lado de la vía yacían dos cadáveres, con un disparo en la cabeza y los sesos desparramados.

Por el aspecto de sus ropas, Chen Pan supuso que eran trabajadores del campo, agricultores o cortadores de caña. Otros pasajeros vieron también a los muertos, porque de repente hubo una conmoción que ahogó el ruido de la locomotora cuando salía de la estación. Una mujer de piernas gruesas y vestido de lunares corrió por el pasillo gritando que los negros se habían apoderado del tren. Le temblaban las manos y parecía a punto de desmayarse.

Lorenzo sentó a Meng en sus rodillas. El niño se estaba chupando el dedo corazón. Lorenzo le dio un pellizco de polvo de caolín para que se lo tomara con el zumo. Chen Pan quería consolar a su nieto, acariciarle el pelo y hacer que los muertos desaparecieran. Pero otra parte de sí quería que Meng volviera a mirarlos y aprendiera que el mal existía a todas horas. Lorenzo meció a su hijo mientras el tren ganaba velocidad. Por encima de ellos, tres ahorcados se balanceaban en las ramas de un arabo. El agudo gorjeo de las currucas perforó el aire en un millar de puntos.

Chen Pan colocó las piernas en una postura más cómoda y desenvolvió un emparedado de jamón. La pareja belga y el lechuguino cubano se habían quedado dormidos. Lorenzo sacó del maletín un ejemplar del *Clásico de medicina interna del Emperador Amarillo*, que estaba traduciendo del chino al español. Lorenzo había acabado por aburrirse con aquel trabajo y prefería concentrarse en su propia historia anecdótica de las hierbas chinas.

—Has envejecido de tanto trabajar —le riñó Chen Pan.

—Y tú sigues estando sano como un árbol. —Aquello desconcertaba a Lorenzo—. No tienes ni siquiera indicios de gota.

—Dices la verdad —murmuró Chen Pan con una sonrisa—. Y estos dientes son todos míos, originales.

—Antigüedades. Podrías venderlos en la tienda —dijo Lorenzo riendo.

—Lo único que tengo es un poco de sordera en el oído izquierdo.

—Pues vuelve la cabeza a la derecha.

—Sí, doctor.

Chen Pan miró los campos de caña de azúcar, su verdor interminable y ondulado. Qué acogedores parecían desde la ventanilla del tren. ¿Quién podía imaginar las montañas de cadáveres que habían ocasionado aquellos campos? Si algún deseo le quedaba por cumplir era éste: comprar la plantación La Amada, estampar su nombre en la escritura. Tenía dinero y crédito. Podía haberla adquirido con ayuda de unos cuantos comerciantes como él. Pero su aversión por la caña de azúcar era más profunda que cualquier necesidad de venganza.

—A veces me siento cansado —dijo suspirando—. Quizá sea hora de morirse.

—No digas tonterías, papá.

—¿Has oído eso? —preguntó Chen Pan de repente, inclinando la cabeza. Era un ruido desagradable, un grito ahogado, como de un búho atrapado en la redecilla del maletero. Pero Lorenzo estaba enfrascado en su libro. A Chen Pan le habría gustado seguir charlando. Era bueno para su estado de ánimo, pero sabía que su hijo no era muy hablador.

Cuántas cosas habían pasado durante los doce años que Lorenzo había estado en China. Lucrecia había muerto. Cuba había conseguido independizarse de España. Desiderio había abierto su garito y era padre de dos gemelos. Incluso Caridad había sentado la cabeza tras una fantasiosa carrera de cantante y había contraído matrimonio con un tranquilo tendero de Viñales.

Lorenzo había ido a la aldea de Chen Pan en palanquín y barca de estoraque. Los niños iban allí descalzos, tenían la cabeza llena de piojos y la barriga hinchada por el hambre y las lombrices (en esto no había diferencia con Cuba). El hermano menor de Chen Pan, aunque achacoso, había cuidado de lo que quedaba del trigal familiar. Lorenzo había tratado a su tío con varios remedios para el riñón, todos inútiles. (Cuantos más remedios prescribía para una enfermedad, sostenía Lorenzo, menos probable era que se curase.) Chen Pan se preguntaba cuándo le llegaría el turno de morir.

Su hijo había vuelto a La Habana como un extraño después de haber sido extranjero en otros países. ¿A qué podía llamar patria ahora? La piel de Lorenzo, pensaba Chen Pan, era una especie de patria, dado que reflejaba el color de tres continentes. También era posible que la patria estuviera en la sangre de sus nietos, porque viajaba a través de su carne.

Últimamente, Chen Pan acostumbraba a cerrar El Hallazgo Afortunado durante varias semanas seguidas, para acompañar a Lorenzo en sus rondas sanitarias por toda Cuba. Después de tantos años sin su hijo, no soportaba estar separado de él durante mucho tiempo. El otoño anterior habían ido a Remedios y visto a unos titiriteros chinos en la calle. Los artistas habían quemado un puñado de papeles con mucho aparato, luego habían atizado las cenizas con palos y sacado cintas de colores. La vida de Lucrecia había sido así, pensó Chen Pan, rescatada de las cenizas para reventar luego entre colores rojos de feria ambulante.

Era más de medianoche. Vistas por la ventanilla, las montañas parecían artificiales, con aquellas palmeras oscuras y petrificadas. Las luces de otra ciudad despuntaron a lo lejos, reluciendo como un ejército de velas. El tren se acercaba a Victoria de Las Tunas y pronto llegaría a Camagüey. Lorenzo y Meng dormían, respirando al unísono.

Si las locomotoras volasen, habrían llegado a La Habana en un abrir y cerrar de ojos. Chen Pan había visto fotos de aviones norteamericanos y franceses, artefactos de aspecto frágil y con alas de libélula. Se adormiló imaginando la lenta ascensión del tren, más allá de las nubes, hasta adelantar a las tormentas del este. Luego soñó que todos los vagones eran ataúdes infantiles festoneados con ramas de jazmín, todos enganchados como la cola de una cometa de altos vuelos, un desfile de ataúdes brillantes volando hacia el sol.

Chen Pan despertó sobresaltado en mitad de la noche. Qué fastidio era dormir. Prefería con diferencia no dormir en absoluto a soportar aquellas enloquecedoras interrupciones. Chen Pan dormía muy poco, siestas de tres o cuatro horas a lo sumo. El día anterior, sin embargo, le habían venido muy bien. A las cinco de la madrugada había despertado en la habitación del hotel de Santiago y al bajar los ojos había visto una tarántula en su pecho.

Meng despertó llamando a su madre antes del amanecer. Chen Pan se acercó a su nieto y le acarició los dedos pegajosos.

—*Estoy aquí, gordito.* —Las luces de una estación pintaron la cara del niño. Chen Pan le dio la botella y Meng bebió zumo de mandarina, derramándose unas gotas en la pechera.

—Quiero decirte algo importante —susurró Chen Pan—. En tu vida habrá dos caminos, uno fácil y otro difícil. Escucha bien: elige siempre el más difícil.

Chen Pan quiso explicar a Meng que los negros reclamaban su derecho a formar un partido político, que por conseguir aquel derecho sacrificaban su propia vida y la de muchos inocentes. No tenían otra opción. Las revoluciones no se producían permaneciendo tranquilamente a la sombra de un mango. Los hombres se cansan de soportar la desdicha, o de esperar tiempos mejores.

—¿Quién cuida de Melocotón de Jade? —preguntó Meng.

—No lo sé —dijo Chen Pan.

Lorenzo bostezó.

—Vuelve a dormir, *hijo*.

Pero Meng estaba completamente despierto. En casa era el encargado de alimentar al loro familiar, un pájaro extraordinario. Melocotón de Jade comía de una cuchara, saludaba a las visitas en español y en chino e imitaba a los locutores de la radio. A veces daba a los pacientes de Lorenzo su propio diagnóstico. «Es un caso difícil, *señora*», o «Tómese este polvo de lima tres veces al día y se sentirá mejor».

—Tu hermano cuida de él —murmuró Lorenzo.

—¡Se morirá! —gimió Meng.

Chen Pan sabía que Meng tenía razón. Era muy probable que su hermano mayor se olvidara de reponer el agua y los cañamones. Meng, enfurruñado, tiró de un hilo de la manga, deshilachándose parte del puño. Luego bostezó con tantas ganas que se le vio la rosada garganta.

—¿Cuándo llegaremos?

—A la hora de comer —dijo Lorenzo—. Y ahora vuelve a dormirte.

El sol despertaba con timidez tras las nubes matutinas. El lechuguino cubano se puso a hablar en sueños. Chen Pan no entendió lo que dijo, sólo una frase: «malditos ciempiés», que repetía enfadado. Los belgas también estaban dormidos. Chen Pan observó sus rostros y se preguntó si alguna vez habrían estado enamorados, con pasión insaciable que les impidiera dormir en toda la noche.

Antes de que Lucrecia cayera enferma solían hacer el amor dos veces al día: por la mañana temprano, antes de que los niños despertaran, y de nuevo por la noche, cuando todos estaban ya acostados. Chen Pan habría preferido pasar más tiempo amando el querido cuerpo de su mujer, pero ella no había estimulado su persistencia. A veces, copulando con lentitud, había sentido el placer de Lucrecia pasando de su cuerpo al suyo.

Desde su muerte no había visitado ni un solo burdel. ¿Cómo iba a traicionarla? Además, Lorenzo contaba que los burdeles se habían vuelto peligrosos en los últimos años. Hablaba de los devastadores efectos que producían en los clientes: testículos con chancros, lesiones en el pene, pústulas y secreciones malolientes que necesitaban un arsenal de ungüentos. La verdad es que Chen Pan había oído más que suficiente para tener sus tentaciones bajo llave.

Aun así, fantaseaba con acostarse al menos con otra mujer, una auténtica tigresa, alguien que bailara para él con las sedas más escasas, le hiciera el amor durante horas, se rindiera con él de agotamiento sexual y feliz. Pero, ¿cómo iba a enfrentarse con Lucrecia en el otro lado después de una escapada así?

Al cumplir los setenta, Benito Sook le había enviado una puta descarada que acababa de llegar de Hong Kong. Una chica con frente de mariposa, de piel perfecta y con boca de ciruela madura. Se parecía a aquella Cisne de Fuego, la trapecista de Amoy de hacía tantísimos años. Pero los ojos de la muchacha de Hong Kong estaban destrozados, en carne viva, como dos heridas. La echó de casa con un puñado de billetes para que no revelara lo que no había ocurrido.

El tren estaba llegando a la estación de Santa Clara; el sol había levantado ampollas en la pintura de sus paredes. Chen

Pan había estado en aquella estación aquel mismo año. Lorenzo y él habían cambiado allí de tren y tomado el de Cienfuegos, para visitar a sus pacientes de Santa Isabel de Las Lajas, Cruces y Cienfuegos. En la otra dirección estaba Sagua La Grande, con su animado barrio chino. Era la ciudad favorita de Chen Pan después de La Habana.

Chen Pan vio en un campo, a lo lejos, a una docena de hombres con cadenas que marchaban vigilados por hombres armados. Iban con la cabeza descubierta, vestían andrajos y no llevaban los machetes de costumbre. ¿De qué abominaciones se los habría acusado? Más aún, ¿cuántos seguirían vivos cuando terminara la semana? Chen Pan quiso despertar a su nieto y decirle algo más: «Pocas cosas son tan seguras como el odio, mi amor.»

La pareja belga despertó al oír el caos matutino de la estación. Al poco rato llegó el mozo con pasteles y café. Meng comió vorazmente, untando el pan con toda la mantequilla que le habían servido. Lorenzo no tenía hambre. Se quejaba de que le dolía la espalda por haber dormido toda la noche en aquellos torturantes asientos. Chen Pan acompañó a su nieto al lavabo. Se abrieron paso entre los pasajeros del pasillo, mirando a los que había tras los paneles de cristal. Se quedó atónito al ver la cantidad de crinolinas que se ponían encima las criollas en lo más caluroso del verano.

En el lavabo, Chen Pan advirtió que el pene de Meng era prácticamente de tamaño adulto. Chen Pan esperaba que el muchacho creciera lo suficiente para alcanzarlo. Como le había enseñado la seductora Delmira hacía muchos años, las pingas demasiado grandes dan tantos problemas como las demasiado pequeñas. Delmira se quejaba de cierto guajiro que la tenía como una tubería de plomo y la desgarraba por dentro. Tiempo después le contó con no poca satisfacción que el guajiro estaba en el hospital, aquejado de una enfermedad equina que había cogido copulando con una yegua.

Cuando Chen Pan y su nieto volvieron había un pasajero más en el compartimiento. El hombre dijo llamarse Roberto Cañizares y añadió que iba a La Habana para hacerse cargo de un puesto en el Ministerio del Interior. Tenía la barbilla recién afeitada y era sorprendentemente ancha, del tamaño de una calabaza pequeña. Estaba hablando con los belgas en un español fastidiosamente alto.

—¿Cómo andan las cosas por París? ¿Todavía comen caracoles allí? —Sacó rapé de una bolsita de cuero y ofreció a todos.

Los belgas lo miraban estupefactos. Chen Pan se rió, a pesar de su espontánea antipatía hacia el extraño. Con el cabello peinado hacia atrás y sus estudiados modales le recordaba a su hijo mayor. Desiderio era un año mayor que Lorenzo y despreciaba todo lo chino. A Chen Pan le entristecía que su propio hijo se avergonzara de él, de su acento y de los «pijamas» chinos que vestía. El día de Navidad, Desiderio envió al Hallazgo Afortunado un chirriante quitrín a recogerlo. Chen Pan estuvo con sus otros nietos una hora escrupulosamente cronometrada.

Chen Pan abrió la ventanilla y dejó que el viento le azotase la cara. Al sur estaban los pantanos de la península de Zapata, un saliente de tierra en forma de zapato donde abundaban el cladio de hoja dentada y el nenúfar amarillo. Lorenzo estaba convencido de que allí podía encontrar hierbas para sus pociones curativas. Se había vuelto imposible conseguir ingredientes de China. El verano anterior había contactado con dos importadores de hierba de San Francisco, pero sus productos habían resultado de inferior calidad.

El número de clientes de Lorenzo se estaba reduciendo a ojos vistas. Pocos chinos emigraban a Cuba, preferían ir a Estados Unidos. Chen Pan sabía que muchos culíes, antiguos campesinos como él, habían muerto o vuelto para quedarse. Aquellos días había más entierros que partos en el

Barrio Chino. Los más jóvenes apenas se consideraban chinos. Además, preferían métodos médicos más modernos y exigían resultados inmediatos, aunque terminaran matándolos.

La tierra de la provincia de Matanzas era vulgar y llana. Chen Pan veía de vez en cuando una agrupación de bohíos o un almacén destartalado (que invariablemente era propiedad de un irascible *gallego*). Sólo las ruborosas poincianas animaban ocasionalmente el paisaje. En China había tanta gente que creía que Cuba era una tierra de selvas exuberantes que Lorenzo decía que él también había terminado por creerlo. Al regresar tuvo que volver a familiarizarse con la isla, con sus llanuras deslustradas y sus monótonas hectáreas de caña de azúcar. A veces Chen Pan olvidaba que el mar nunca estaba a más de cuarenta y cinco kilómetros.

Meng miraba tranquilamente por la ventanilla. A Chen Pan le parecía que su nieto estaba más contento callado, que el simple sonido de las palabras lo molestaba. Bueno, el muchacho no había dicho esta boca es mía hasta los tres años. Su hermano mayor había hablado por él. «Hermanito quiere más arroz.» O: «Meng dice que hay treinta y dos gorriones en el laurel.» Lo que finalmente dijo Meng cuando abrió la boca fue: «Quiero helado de pistacho con ración doble de chocolate.»

Lorenzo temía que su hijo fuera idiota, pero Chen Pan repetía que no era así. El pequeño Meng, dijo, era un matemático nato, multiplicaba y dividía desde mucho antes de ir a la escuela. Se había vuelto adepto al ábaco de Chen Pan y a menudo ayudaba a Lorenzo a cobrar en especie por sus servicios. Cuando un paciente no tenía dinero para pagarle, era Meng el que sugería que una lata de gasolina serviría igual.

Chen Pan no podía acostumbrarse a la manera de trabajar de su hijo. En vez de pagarle, le daban pollos, pasta de guayaba, velas de sebo, bacalao salado, ron, hachas, martillos, batatas o una cesta de cangrejos recién pescados. Cuatro años antes, Lorenzo se había quedado con Melocotón de Jade después de quitarle a un constructor de barcas un bocio del tamaño de una pelota de béisbol.

No era fácil ser *el médico chino*. Por todas partes veía Lorenzo enfermedades y desnutrición. Chen Pan también había aprendido a detectar la enfermedad en los ojos de la gente, en la textura de su piel y en sus movimientos titubeantes. Paseando a pie por la plaza o en un carro tirado por un asno, veía diabetes, hepatitis, cánceres, tumores y muchos corazones delicados.

Y, desde luego, había personas a las que ni las hierbas ni los ungüentos de su hijo podían curar. El notario de Cárdenas, que llevaba abrigo de piel todo el verano. O la lavandera de ojos azules que se creía la Reina de las Ocas y comía grano en un plato dorado. ¿Qué medicamentos tenía su hijo para ellos?

Cerca de Güines, una comitiva de boda serpenteaba por un camino de tierra hacia una iglesia de paredes enjalbegadas. Los caballos estaban adornados con gran profusión de cintas y Chen Pan imaginó que oía el tintineo de las campanillas de sus arneses. Al final de la comitiva iba el coche de la novia, envuelto en un millar de camelias. El corazón de Chen Pan se elevó unos centímetros, se llenó de buenos deseos para aquella pareja desconocida. Qué jóvenes le parecerían si los viera, qué ingenuos.

El lechuguino cubano despertó haciendo sonidos de gargarismos y observó a Cañizares de reojo, como un pájaro de presa. Empezó el aseo matutino, consistente en frotarse aceite de gardenia en cada centímetro visible de la piel. Luego sacó de la maleta una bolsa de nueces y se puso a partirlas con unos impactos tan ruidosos que parecían disparos de pistola. El ruido alarmó a los ocupantes de los compartimientos vecinos, que empezaron a gritar de nuevo que estaban atacando el tren.

El aguacero llegó de la nada. El cielo estaba unas veces azul y esmaltado como la porcelana francesa y otras inundado por un rebaño de nubes empujadas por el viento. Los pájaros volaban frenéticamente, buscando lugares secos donde esperar a cubierto de la lluvia. Un zapotillo se estremeció, temiendo por sus frutos, todavía sin madurar. ¡En La Habana los aguardaba un pequeño brote, un vástago humano! El tren llegaría al cabo de unas horas, pensó Chen Pan, y entonces conocería a su nuevo nieto.

Incienso

Saigón
(1970)

Durante los primeros meses de embarazo, Tham Thanh Lan sólo comió productos agrios. Melones en vinagre. Huevos de codorniz en vinagre. Raíces con pegotes de tierra que recogía en las afueras de la ciudad y hervía para hacer sopas. Tham Thanh Lan lo rociaba todo con salsa de pescado, incluso el helado napolitano que Domingo le llevaba del economato militar. Le ofrecía también sabores americanos: mantequilla de cacahuete y galletas saladas, galletas Oreo, hamburguesas. Pero todos estos productos le daban náuseas.

Tham Thanh Lan sólo besaba ya a Domingo si éste se ponía antes *nuoc mam* en los labios. Para hacer el amor, Domingo tenía que mojarlo todo con salsa de pescado.

Domingo trató de enseñarle el español, otro idioma del cuerpo. «*Mi reina. Mi adoración. Eres mi sueño.*» Ella decía que sería niño y Domingo no dudaba de su palabra. Le enseñó a decir *hijo mío*. Pero ella no estaba interesada en aprender palabras nuevas.

Él quería enseñarle a bailar, pero las caderas de Tham Thanh Lan se resistían.

—Estoy demasiado cansada —decía, y se echaba a dormir otra vez.

Domingo compraba a tontas y a locas, artículos que Tham Thanh Lan no necesitaba: horquillas y una tabla de planchar, pastel de limón y una máquina de coser nueva que ella vendió por una fortuna a un sastre que arreglaba uniformes para la marina vietnamita. Compró también una radio, pero Tham Thanh Lan hizo que la devolviera.

—No más ruidos —repetía, y la bajaba hasta que sólo se oía un zumbido, ya que la música la ponía insoportablemente triste.

Domingo no se acostumbraba al silencio, a la monotonía del sueño femenino. No tardó en oír música por todas partes, en el silbido y susurro de la nueva tetera; en el ronroneo de su estómago. *Tin tin tin tin, patá patí.* ¿Quién era él sin un poco de ritmo?

Su tío Eutemio le había contado que los tambores estaban prohibidos durante la época de la esclavitud. Los propietarios de los molinos de azúcar no querían que sus «propiedades» se entusiasmaran demasiado y enviaran mensajes a los esclavos de otras plantaciones. En aquellos tiempos, tener un tambor, tocar el tambor, era un acto de rebeldía castigado con la muerte. Y así fue como los tambores y los tamborileros aprendieron a susurrar.

El día que Domingo le llevó un ventilador eléctrico, Tham Thanh Lan le dijo que la dejara, que iba a caballo por un lugar con rocas en llamas y sin árboles, un paisaje que Domingo no podía imaginar. Luego puso en marcha el ventilador y se quedó acostada delante de la brisa artificial. Detrás de ella se agitaban las pegajosas cortinas.

Soñaba con cangrejos, muertos y pudriéndose en la orilla del río, con el caparazón picoteado por las gaviotas y las pulgas de mar. Tham Thanh Lan recordó el verano en que el río Mekong se murió, las redes de los pescadores sólo sacaban peces muertos de sus profundidades. A veces despertaba asustada, pensando que en vez de niño tenía un cangrejo en el vientre.

—¡Se mueve como un cangrejo! ¡Anda de lado! —gritaba.

Hasta que Domingo la calmaba con besos de salsa de pescado, le ponía las manos en el vientre y decía:

—Mi amor, los cangrejos no dan estas patadas.

Su madre había responsabilizado a los yanquis de todos los niños con malformaciones a cuyo parto había asistido en Guantánamo: el niño que había nacido con un ojo en el ombligo; los trillizos de la peluquera, unidos por las manos y los pies como figuras recortables. Los americanos, decía su madre, habían echado veneno en el río Guaso, contaminado los campos de caña y enrojecido los cafetos con sustancias. Un día por Semana Santa mamá había traído a este mundo un niño haitiano cuyo corazón le había saltado furiosamente del pecho. Un momento después, el pequeño corazón le había estallado a mamá en la cara como una bomba de mano.

Domingo llevaba a Tham Thanh Lan a pasear por el jardín de árboles del fuego que había detrás del templo budista. La entretenía con anécdotas sobre el general al que llevaba en coche durante todo el día. El general Arnold F. Bishop tenía una pierna artificial en sustitución de la que había perdido en Corea. Siempre se le aflojaba en el momento más inoportuno. La última semana habían encontrado un bache en un camino rural y la pierna había salido volando del Jeep y derribado a un sobresaltado campesino que iba montado en un búfalo.

En marzo, Domingo estuvo fuera diez días paseando al general en un vehículo acorazado mientras inspeccionaba las tropas del sur. El general Bishop era un gran admirador de Bob Hope y estaba deseando que llegara el espectáculo navideño de todos los años. Decía que se había tirado a una de aquellas coristas que buscaban oportunidades, una tía rara de Kansas que se corría chupándole el muñón de la pierna.

—¡Joder, eso te da un aliciente para seguir matando! —exclamaba el general Bishop.

Domingo había visto el espectáculo de Navidad durante el primer invierno que había pasado en Vietnam. Las mujeres eran flacas y de culo liso, y tampoco tenían mucho pecho, las piernas eran todo hueso y tendones. Además, no entendió los chistes. Ni uno solo. Echaba de menos a las chicas de Guantánamo, aquellos pantalones cortos de elástico, aquellos ceñidos uniformes militares que les realzaban las curvas. El año que se fue Domingo, se ponían un perfume polaco que olía a glicinias con gasolina.

¿Qué sabía el general Bishop de aquello? No obstante, cuando el general le ofreció a la chica que tenía en My Tho, Domingo no la rechazó.

Cuando volvió a Saigón, Tham Thanh Lan apenas había comido ni dormido. Sus ojos oscuros e hinchados lo acusaron. ¿Cómo se había enterado de que se había acostado con otra mujer?

—Te casarás conmigo, ¿verdad? —preguntaba Tham Thanh Lan cada vez que hacían el amor. Domingo siempre se sentía débil y lleno de gratitud en tales momentos. Y siempre decía que sí.

Sabía por experiencia que las mujeres embarazadas no se comportaban con normalidad. Había visto a la mujer del carnicero, Leoncia Agudín, una mujer muy religiosa, agredir a su marido con insultos de marinero en el parque Martí. Su delito: comprar un cucurucho a la guapa vendedora de cacahuetes. Claro que Tham Thanh Lan estaba ya embarazada de cinco meses. A las mujeres que tenían un hijo tras otro las llamaban barrigonas (había muchas barrigonas en Guantánamo) y se les permitía que se comportaran como quisieran.

Domingo había crecido rodeado de aquellas embarazadas locas. Se sentaban en la cocina de su madre, se echaban ron en el café matutino, formaban corrillo para hablar del último escándalo, se reían a carcajadas de los hombres, de los que se burlaban o quejaban con tal ferocidad que a Domingo le daba vergüenza ser chico. Su madre veía que se ruborizaba y decía:

—No te preocupes, cielo. No tiene nada que ver contigo.

Las mujeres ponían Radio Mil Diez a todo volumen y bailaban unas con otras, barrigón contra barrigón, o tiraban de Domingo y le enseñaban a bailar el chachachá.

—Así, papito. No aprietes demasiado o las chicas buenas no querrán bailar contigo.

De este modo se había enterado de los secretos de las mujeres.

Domingo había oído decir que algunos soldados, cuando terminaban el servicio militar, volvían a casa con su prometida o esposa vietnamita. El ejército no lo veía con buenos ojos y hacía todo lo posible por separar a las parejas, sobre todo si había niños por medio. Algunos hombres se habían suicidado por amor a aquellas putas. Todo el mundo decía que les habían echado una *maldición amarilla*. La única cura era la muerte.

En Vietnam se oía comentar que algunas chicas de alterne vivían ahora en Georgia, se teñían el pelo de rubio, se ponían vaqueros y sombreros tejanos y se llamaban Delilah. Otras anécdotas eran aún más tristes. Menores de edad que se disfrazaban de muñecas chinas por insistencia de los maridos y que se dejaban ver por los pueblos de Texas y de Misisipí, comprando baratijas en Woolworth's. Lo más triste de todo eran los suicidios, los envenenamientos, las venas cortadas. Cualquier cosa para que el alma, libre por fin, volviera a su origen.

Domingo se preguntaba por el sentido de aquellas migraciones, de aquella pasión intercultural. ¿De verdad quería recorrer la gente tales distancias? ¿Mezclarse con otros completamente distintos? Su bisabuelo había salido de China hacía cosa de un siglo, solo y sin blanca. Luego se había enamorado de una esclava y había fundado una estirpe completamente nueva: niños marrones con ojos chinos que hablaban español y un poco de abakuá. Su primera familia no volvió a verle el pelo.

A Domingo le dejaban entrar en el club de oficiales porque era el chófer del general Bishop, pero no era bien recibido allí. Su piel era demasiado oscura y se notaba por sus rasgos que no era uno de ellos. El camarero de la barra se negaba a prepararle un mojito —ron, soda, zumo de lima y una ramita de hierbabuena—, y Domingo tenía que conformarse con una cerveza caliente. En el hospital, herido y con un par de medallas, tampoco lo habían tratado bien. Las enfermeras habían estado tan tiesas con él como aquellas sábanas remetidas.

El problema no era exclusivo del ejército norteamericano. Cuatro años antes lo había detenido un policía en Guantánamo por cultivar la «negritud»: todo porque llevaba el pelo al estilo afro. *Por favor*. Su madre se había quedado mirando al comisario, a quien al parecer había traído a este mundo, con la piel más amarilla de la cuenta, hacía treinta y cuatro años, y el comisario soltó a Domingo sin decir nada. Y allí estaba ahora, luchando por los americanos a catorce mil kilómetros de distancia y encima desconfiaban de él.

Otro conductor, un indio, también se quejaba de aquel trato injusto. Emory Plate decía que su padre había sido un astrólogo famoso allá en Nuevo México, que sabía cuándo se iba a poner enfermo un niño o una oveja a perder su camada, y que la gente acudía de todas partes a verlo. Emory decía que ojalá hubiera prestado más atención a su padre cuando le hablaba de la luz de las estrellas. Ahora el viejo llevaba un año muerto y nadie sabía ya nada de la vida de la gente.

En Cuba habían enseñado a Domingo que los colonos blancos de América del Norte habían matado a la mayoría de los indios, que habían exterminado a sus bisontes, a los millones que pastaban en las Grandes Praderas, que a los indios los dividieron metiéndolos en reservas, desorientados y con los ojos desorbitados. Los profesores de Domingo se lo habían enseñado, profesores que escupían cuando pronunciaban la palabra «yanqui», profesores que le habían obligado a escupir también.

Recordaba la época en que aquellos mismos profesores habían indicado a todos los alumnos de la escuela que pidieran a Dios un helado. Se lo pidieron a Dios el lunes, el martes, el miércoles, el jueves. El viernes, los profesores les habían dicho:

—Ahora pedid el helado al Comandante y a su gran revolución humanitaria.

Media hora más tarde, el ayudante del director llegó con dos grandes cubos de helado de vainilla.

Una noche de borrachera, Domingo contó a Emory que se sentía atrapado entre la obligación y el placer. Que Tham Thanh Lan unas veces lo amenazaba y otras se le echaba encima. Que su necesidad podía más que él. Domingo iba por la séptima cerveza. Tenía los ojos acuosos, las manos temblorosas. Allá en Cuba, sus tíos bebían litros de un licor de piña fermentada que desquiciaba incluso a los bebedores más empedernidos. Lo llamaban «cocodrilo», porque cuando menos te lo esperabas, te partía en dos.

Al día siguiente, Domingo fue a la biblioteca militar con una resaca espantosa. No era aficionado a la lectura, pero ansiaba una distracción barata. El primer libro que hojeó se titulaba *¡Ya estás embarazada!* Domingo aprendió que los fetos humanos alcanzaban el tamaño de un pimpollo a los tres meses, que la grasa se le depositaba bajo la piel a los seis. Trató de imaginar los ojos ciegos de su hijo, sus orejas, sus dedos de yemas arrugadas. A los siete meses estaría cubierto por el vérnix caseoso, una capa grasienta que protegería su piel tal como la grasa protege a los que nadan en el mar. A Domingo le costaba imaginar al niño con un tamaño mayor.

Aquella noche, mientras observaba el crecido cuerpo de Tham Thanh Lan, Domingo se asustó. ¿Cómo podía ser padre? No había sido capaz de proteger a su propio padre;

ni siquiera había dejado de sentirse hijo. Tham Thanh Lan estaba en la cocina hirviendo agua para el té. Estaba sentada a la mesa, perdida en sus pensamientos, dando vueltas al té hasta que se le enfrió. De vez en cuando miraba a Domingo y sonreía.

Coño, ¿qué sabía realmente de aquella mujer?

Si al menos todo se detuviera, y se mantuviera fijo y reconocible durante una hora... Pero todo seguía adelante inexorablemente, como un río, nada permanecía quieto y seguro. A veces se le metía en la cabeza una frase vietnamita: *Chet roi*. Ya muerto. Un anzuelo en su boca, como los que hacía para pescar en el río. Quizá lo que necesitaba era un cabo para escapar de su asquerosa vida. Domingo leyó otros libros de la biblioteca, novelas de vaqueros, un volumen sobre enfermedades tropicales, una historia de la Guerra de Secesión de Estados Unidos, cuanto más alejados de su vida, mejor. Abandonó el póquer y los dados y metió el dinero en una cuenta de ahorros del ejército. En los lavaderos vietnamitas, a los que iban los otros chóferes para que lavaran y revisaran el coche por encima, y para pegar un polvo de dos dólares en el cobertizo de los bocadillos, Domingo se quedaba leyendo.

Leyó nueve veces las *Vidas de santos para niños*. A Domingo le fascinaba aquello de que san Juan se negase cuando el rey Wenceslao le pidió que confesara a su mujer. Prisión, tortura, pero san Juan erre que erre.

A veces se preguntaba qué estarían haciendo, allá en Brooklyn, en Omaha, en San Luis, en Tuscaloosa, los compañeros de la primera compañía en la que había estado. ¿Seguiría Lester Gentry buscando apostadores para su padre? ¿Habría vuelto Joey Szczurak a la universidad o estaría picándose heroína? ¿Verían la guerra en el telediario de la noche, como todos los demás? En cualquier caso, ¿qué importaba? Todos morirían tarde o temprano, lenta o felizmente, vacíos de luz.

El último día de agosto, Domingo llegó al apartamento de Tham Thanh Lan con una caja de bombones de diez dólares. No la encontró. El día era caluroso y húmedo, y los mosquitos implacables. Al poco rato, Domingo empezó a comerse los bombones, pero le costaba tragarlos. La garganta le escocía como si la tuviera en carne viva. Temía olvidar algo importante, algo que pudiera cambiarlo todo. Los oídos le dolían de escuchar la nada con tanta atención.

Había una naranja en la mesa de la cocina. Se sentó y la peló con la navaja. La gruesa piel le perfumó los dedos. Recordó que su padre le había contado que en 1847, el año en que Chen Pan había llegado a Cuba, un culí chino valía ciento cincuenta pesos. Ciento cincuenta pesos por ocho años de la vida de un hombre... si el chino no se moría antes, claro. Al cabo de dos veces ocho años, pensó Domingo, su hijo sería adulto.

Las piernas se le durmieron de estar sentado. Se levantó, dio saltos sobre el terreno y sintió un hormigueo en los pies. Se puso a pasear por la vivienda. De repente todo le pareció pequeño, atestado como una jaula pequeña: la cama con la manta, que parecía de juguete, la mesa de la cocina, no mayor que un tambor. Domingo se veía enorme en comparación, un gigante, sobre todo las manos.

¿Qué tenía que hacer? Fuera lo que fuese, quería saberlo.

Domingo se palpó los bolsillos en busca de las gafas de su bisabuelo. Limpió los cristales con el faldón de la camisa y se caló las gafas. Papi le había contado que Chen Pan había tenido una vista excelente hasta seis meses antes de su fallecimiento. Domingo se miró en el espejo del lavabo. Veía con absoluta nitidez el centro de su cara, pero borrosos los bordes.

Cerró los ojos sin quitarse las gafas y vio a su padre el día que habían salido de Cuba. Papi llevaba el traje de lino blanco y el sombrero panamá, y un clavel encarnado en el ojal de la solapa. Había sujetado con fuerza la mano de Domingo durante el corto paseo por encima del estrecho de Florida. Cuando llegaron al aeropuerto de Miami, requisaron el sombrero de papi por alojar pulgas tropicales y él inmediatamente se compró otro, su primera compra en suelo yanqui.

Durante un momento, mientras recordaba aquello, Domingo se sintió enaltecido, en paz, como si pudiera descansar una eternidad. Lloró de gratitud.

—¡Papi! —exclamó—. *¡Aquí estoy!*

Pero cuando abrió los ojos, su padre empezó a alejarse y a subir, muy alto, muy despacio, como un fantasma que va en busca de su casa. Domingo imaginó una bandada de gansos acompañándolo, con gracia y con ruido, agitando la brisa con sus poderosas alas. ¡Cuánta ternura afloró a su corazón! Y en el aire pálido que tenía detrás, el sombrero panamá de papi flotaba como un augurio de paz.

Tham Thanh Lan apareció al alba. Iba desgreñada y con el dobladillo del *ao dai* sucio de barro y rasgado. Llevaba una desvencijada jaula de bambú, con todos los grillos que había recogido en el río Saigón. Estaba embarazada casi de ocho meses.

—¿El desayuno? —dijo Domingo en broma, tranquilizado a medias.

Tham Thanh Lan no respondió. En vez de hablar, imitó el canto de los grillos apretando la lengua contra la parte interior de los dientes. Quiso que Domingo la acompañara a la pagoda de Giac Lam. El templo era el más viejo de Saigón y estaba a cuatro kilómetros y medio a pie, en el barrio de Tan Binh. El día era sofocante. Domingo pensó en el depósito de cadáveres del ejército que había visitado en Da Nang el año anterior, más o menos por entonces, pensó en el hedor de los fluidos de embalsamar, en los muertos desnudos y cosidos como experimentos científicos a medio terminar. No pudo comer durante dos días.

En la entrada de la pagoda había una imagen de Quan Am, la diosa de la Piedad, sobre unos lotos en flor. Tham Thanh Lan se quitó las sandalias e indicó a Domingo por señas que también se descalzase. Lo condujo entre cientos de tablillas funerarias y un ejército de figuras doradas que no identificó.

Había velas encendidas por todas partes, cada una a cambio de una concesión. En un rincón había un jarrón con azucenas marchitándose lánguidamente. Domingo recordó todas las peticiones enterradas entre las raíces de la ceiba del parque Martí, una miríada de votos y amuletos. Su madre siempre rezaba al pie del árbol sagrado antes de ir a trabajar. *Araba iya o*, decía a la madre ceiba y le pedía felicidad en los partos. Al volver a casa, daba las gracias a la ceiba por el servicio cumplido.

Domingo trató de recordar lo que quería antes, alguna necesidad esencial que hubiera tenido. A los nueve años había corrido por las playas de Santiago. La Revolución sólo tenía un mes. Su padre le había advertido del peligro de la resaca y las corrientes que costaban la vida a los ignorantes. Pero lo único que él había visto era el monótono batir de las olas, predecibles como las tablas de una falda plisada. Y había dado puntapiés a la arena mientras corría, más fuerte, más aprisa, antes de zambullirse en el mar.

Domingo se tapó los ojos para no ver el fulgor de las velas. La cera exhalaba un olor a quemado. El día anterior había cancelado su cuenta de ahorros. Mil doce dólares. Quería dárselo todo a Tham Thanh Lan, ponerlo en un montón delante de ella, en la mesa de cocina; y le prometería que le enviaría más todos los meses. Necesitaba irse, abandonarla como si fuera otro país.

Tham Thanh Lan le cogió la mano y lo llevó ante la figura del Buda infantil Thich Ca, vestido de amarillo.

—He aquí a *mi hijo* —dijo al joven dios, apretándose el enorme estómago. Luego se puso de rodillas. Quería que Domingo le jurara lealtad, con el dios por testigo. Domingo rezó, no a Buda, sino a Ochún, por la vestimenta amarilla del dios:

> *Madre mía, dueña de todos los ríos del mundo,*
> *donde todo hijo de santo va a bañarse para*
> *recibir la bendición del agua dulce...*

Tham Thanh Lan compró un dedo de gasolina perfumada para una de las cuarenta y nueve lámparas del altar abarrotado de figurillas de *bodhisattvas*. La gasolina, dijo a Domingo, ardería con el deseo de felicidad para ambos. Escribió el nombre de ambos en un papel y lo pegó a una rama del altar. La camisa de Domingo estaba empapada en sudor, pero sentía la piel fría, como un pez recién pescado. Oía el insensible torrente de su propia sangre.

El tañido de una campana de bronce rasgó el aire del humeante templo, ascendiendo lentamente, elevando al cielo las oraciones de Tham Thanh Lan.

Ya era de noche cuando volvieron del templo. Tham Thanh Lan se acostó sin quitarse el *ao dai*. Fuera, la lluvia caía con fuerza y sesgada por el viento. Un relámpago iluminó un lejano fragmento de cielo amoratado. En una higuera de Bengala de los alrededores se peleaban las currucas.

Domingo se vio de lejos observando a Tham Thanh Lan, como un fantasma apostado en la otra orilla de un río. La mujer respiraba sin ruido en la oscuridad, con el resplandor de la doble vida adormecido, ajena a las torpes evoluciones de las polillas, a la lluvia y a la destrucción común. Sus piececillos empezaron a pedalear en el aire. «Así pues, te vas para no volver nunca más.» ¿Lo había dicho ella o lo había imaginado él?

Se quedó al lado de la ventana de Tham Thanh Lan y la vio multiplicada, formando una cadena que llegaba hasta el cielo, como una conga de cristal trémulo. Quizá debería haber una especie de salsa de la realidad, con canciones para la muerte, el silencio y el olvido. Domingo imaginó miles de parejas bailando apretadas y en silencio, reviviendo sufrimientos indecibles. ¿No era el fracaso un triunfo por derecho propio, si era lo bastante espectacular?

Escondió el dinero en la casa antes de salir el sol. En el colchón, en las ollas de la cocina, en las zapatillas de seda de la muchacha; los billetes más grandes, doblados en su joyero de Hong Kong. Lo encontraría todo en diez minutos, si buscaba. Quería dejarle algo más, una señal, una huella, una prueba de su fe. Entonces se acordó de su hijo.

Los primeros vendedores de sopa estaban preparando ya los hornillos de carbón. El aire era húmedo y despejado. Por la calle pasaban trabajadores con uniforme azul, montados en viejas bicicletas. Un pelotón de vendedores ambulantes avanzaba hacia el mercado de Cholon con cestos de guayabas, mangostanes, pollos y serpientes. Domingo se tomó un tazón de sopa de fideos de cebolleta. La sopa sabía bien, caliente y sazonada con guindillas. Dio a la vendedora sus últimas monedas vietnamitas y se fue.

Últimos ritos

El Espíritu sólo quiere lo que huye.

Rainer Maria Rilke

El huevo y el buey

Chen Fang

Shanghai
(1970)

Los guardianes vuelven a golpear a la presa. Es la misma mujer que trató de suicidarse el verano anterior afilando el cepillo de dientes en el suelo de cemento y clavándoselo en las muñecas. La pobre gime todo el día, poniendo de punta los nervios de todos. Otras veces ríe tan fuerte que los guardianes la golpean hasta dejarla inconsciente.

Llevo aquí tres años. El viento frío congela los barrotes de mi celda. El polvo se cuela por entre las grietas de las paredes. Cada vez que respiro se forma una nube. Por la mañana me levanto con opresión en el pecho, como si un caballo me pisara el esternón con el casco. Pronto volverá el invierno con sus joyas despiadadas. El mundo ya no es como antaño. Las estrellas están fuera de órbita, perdidas y sin rumbo en el cielo. Aquí siempre está oscuro.

No creo que nadie esperase que durara tanto. Demasiado refinada, decían con desdén. Demasiado corrompida por los modales occidentales. Tengo setenta y dos años. Tengo las manos rígidas, enrojecidas por la artritis después de estar esposada durante meses. Tengo las encías negras y me sangran sin parar. Si quiero comer, he de apretarlas para escurrir la sangre.

He estado hospitalizada dos veces, una por una neumonía, otra por una rectorragia. Temo que sea un tumor. Hacer las necesidades es un calvario. Aun así, tengo que comer. Sólo hay gachas de arroz, a veces una taza extra de agua caliente cuando la guardiana amable está de servicio.

Ayer, el guardián gordo me dislocó el hombro al retorcerme el brazo por detrás de la espalda.

Los interrogatorios vienen en oleadas. Dos o tres diarios durante una semana, luego nada durante meses. Los verdugos me ponen la muerte delante de los ojos, para asustarme. No se dan cuenta de que es mucho más tentador morir que seguir viva. Puede que ya haya alguien llamándome al otro lado: «Ven ya, Chen Fang. Estamos esperándote. Todo es mejor aquí.» Puede que la eternidad sea sólo una posibilidad entre muchas.

Desde luego, mi indiferencia despierta la cólera de los interrogadores. Gritan cerca de mi cara, rociándome de saliva.

—¡Confiesa! ¡Confiesa!

Qué agotador.

La vista me falla. Los guardianes me rompieron las gafas de lectura el primer día que llegué y todavía les falta un cristal. Esta mañana una hoja otoñal ha entrado volando en mi celda desde el patio de la prisión. Sus colores carmesí y amarillo me deslumbraron. Me la acerqué a la cara y la giré con cuidado, recorriendo sus delicados nervios. Su presencia me ha confortado, como si escondiera una luz preciosa.

El rumor de la lluvia purifica mis momentos más desesperados. Aunque es un problema cada vez que cae algo más que una simple llovizna. En junio se me inundó la celda y el moho y los mosquitos la volvieron fluorescente. La humedad ennegreció el suelo y me salieron hongos en las zapatillas.

Casi todos los días procuro ejercitar brazos y piernas, y limpio la ropa de la cama lo mejor que puedo. Reconstruyo poemas en la cabeza, recordando pacientemente cada sílaba. Me gusta recuperar ciertos versos. He aquí un fragmento que recuperé de un poema de Meng Chiao:

Un haz de rayos de luna cruza la cama,
las paredes dejan que el viento cale la ropa,
los sueños del infinito nunca me llevan lejos
y mi frágil corazón regresa con facilidad.

Me gusta recordar las montañas en verano, el sol colgado como una piedra, los grillos de negra bufanda rasgando el aire con sus pequeñas preocupaciones. Días interminables, ociosos y benditos. El arroyo surgía del fondo de la montaña con fines refrescantes, puliendo las piedras, y el búho pequeño y barroco esperaba en el alero de la choza del escriba, atento a los ratones. A menudo el viento soplaba tan fuerte que lo sentía sólido contra la piel, como la madera.

El último mes la guardiana amable me pidió que escribiera un poema por el nacimiento de su hijo.

—Así te recordaré cuando te hayas ido —susurró.

Es una mujer fea de nariz ganchuda. Sé que no quiere ser cruel. Los otros guardianes me dan patadas y me empujan hasta que caigo al suelo. Se llevan la comida antes de que la termine (no puedo comer aprisa por culpa de las encías). Pero esta guardiana me da tiempo de sobra. No soy poetisa, pero escribí algo para su hijo.

Sola y profesora de literatura, vivía con sencillez, aprendiendo a soportar la ausencia como una sed continua. Añoraba a mi padre, que estaba en Cuba, a mis hermanas mayores, el tacto de mi amada Dauphine. En China las mujeres no viven solas. Obedecen a los padres, a los maridos, a los hijos mayores. Yo viví lejos de los dictados de los hombres y por eso mi vida resultó tan inestable como un huevo encima de un buey.

Cuando los comunistas se hicieron con el poder, expulsaron a los profesores extranjeros de la escuela: Dieter Klocker, el director del coro; Serendipity Beale, la historiadora británica que me enseñó a jugar al *cribbage*. La bióloga Lina

Ginsberg, que había ido a Shanghai huyendo de los nazis y se había casado con un intelectual chino. Los nuevos líderes dijeron que no querían profesores así, que llenaban a los alumnos de ideas extrañas.

Al principio se me permitió quedarme en la escuela (rebautizada Escuela Media de la Gloriosa Madre Patria). Hice todo lo que pude para poner en práctica la política impuesta por los funcionarios del partido y para cumplir con mis obligaciones académicas. Una vez a la semana, un oficial del ejército venía a sermonear a mis alumnos.

—¡Tenéis que plantar huertos de bayonetas! —gritaba una y otra vez. ¿Qué podía enseñarles yo después de aquello?

Volví a contarles la historia de Li Kuang, el terror de los hunos. Una noche Li Kuang se emborrachó y confundió una piedra con un tigre. Dispuesto a matarlo, buscó su arco y su carcaj y disparó al «tigre» una flecha. A la mañana siguiente Li Kuang descubrió que la flecha había penetrado en la piedra, con plumas y todo.

—Ante la sola voluntad —dije a mis alumnos—, la piedra traga plumas.

Pero no estoy segura de que comprendieran el cuento. La última generación, me temo, apenas tiene historia o cultura, todos se han educado a base de consignas. Las armas han ocupado el lugar del intelecto. En los viejos tiempos, era habitual que los molineros cegaran las mulas que utilizaban para girar las piedras del molino. ¿En esto nos hemos convertido? ¿En un país de mulas ciegas? ¿Dónde están las ideas para cuya comprensión hacía falta toda una vida?

Echo de menos nuestro antiguo idioma, su capacidad para la sutileza y el consuelo. Y aun así, yo soy la única aquí. En estos tiempos se destruye todo lo antiguo: las antiguas costumbres, los antiguos hábitos, la antigua cultura, el antiguo pensamiento. A los profesores se los veneraba antes. ¿Qué soy ahora? Un poco de basura, apenas humana. Demasiado vieja para que se molesten en matarme.

Cuando empezó el último terror, mis propios alumnos me golpearon con palos. Me obligaron a estar arrodillada durante horas en un mitin de lucha que se celebró en el salón de actos de la escuela. El presidente del cuerpo de estudiantes, Niu Sheng-chi, me acusó de favorecer a los hijos de los capitalistas chinos, de imponer el respeto burgués en el aula, de criticar a la Guardia Roja con hábiles alegorías.

Otros, por desgracia, siguieron el ejemplo. Mis colegas de literatura informaron de que había enseñado a los alumnos autores extranjeros contaminantes (Kipling, Dickens, Flaubert). El instructor de matemáticas me acusó de lavarles el cerebro a los jóvenes para que pensaran por sí mismos (la paradoja me hizo estallar en carcajadas). Incluso el bedel y el vigilante se contagiaron.

Muchos de mis vecinos fueron obligados a participar, a acusarme de pecados imaginarios. Vi a Pang Bao, el violinista que vivía junto a mi domicilio, bajar la cabeza avergonzado durante la ceremonia. Y docenas me gritaban los insultos de rigor: «¡Perra fugitiva!», «¡Zorra capitalista!», «¡Espía!». ¿Qué otra elección tenían? Vi que el vendedor de gasolina gritaba con especial deleite. Me pregunté: ¿No es el desprecio la otra cara de la envidia?

Levanté los ojos e imaginé ante mí un bosque, no aquella multitud miope y cobarde. Recordé las tormentas de las montañas, los rayos que partían y derribaban los pinos más altos, las flores silvestres que entregaban su última dulzura al viento. Después del alboroto, todo volvió a la calma. Mientras estaba de rodillas allí, humillada, trataba de confiar en el ancho mundo que había detrás de aquella incoherente sala.

Me acusaron de ser espía del Kuomingtang, de trabajar para el espionaje francés, de adoptar una conducta decadente con el enemigo (me pregunté qué sabrían de Dauphine). Me denunciaron como amiga de los extranjeros, me obligaron a llevar unas orejas de burro en las que ponía «demonio vacuno y espíritu de serpiente» y repetir citas del *Libro Rojo* de Mao. Li Po habló ya de los hombres para quienes la matanza es una versión particular de la siembra.

—No he hecho nada —repetía yo, encorvada y con la ropa sucia. Aquellas cuatro palabras eran mi muralla.

Cuando las acusaciones aumentaron en salvajismo, mi mejor alumna, Lao Mei-ping, me defendió. Era una muchacha pequeña, de manos firmes, dada a las ciencias. Por aquel acto de valentía supe que la habían enviado a un campo de trabajo de Manchuria. Nadie sabe qué ha sido de ella.

Me quitaron el trabajo y me dieron un puesto de ínfima categoría en una fábrica. Llenaba latas con la pintura roja que se utilizaba en los carteles de denuncias públicas. Después de destruir mi casa, quemar mis libros y confiscar mis fotografías (que más tarde se presentarían como «pruebas» de mis conexiones extranjeras), enviaron a otra familia para que viviera conmigo en mi piso de dos habitaciones.

Tomar el poder. Todos los ignorantes y frustrados de China han aprendido esta expresión de memoria. Cuando la tierra tiembla, las serpientes salen de todas las grietas del suelo.

Por fin he tenido noticias de mi hijo. Hablan de él en el periódico del partido que distribuyen entre los presos. Lu Chih-mo ha adquirido notoriedad gobernando una importante provincia del sur. Una notoriedad levantada sin duda sobre cadáveres. ¿De qué me ha servido, pienso ahora, educar a tantos niños cuando mi propio hijo se ha convertido en un bárbaro?

Leo todos los artículos sobre Lu Chih-mo, tratando de entrever que a pesar de todo sigue siendo parte de mí. Observo atentamente sus fotos, encuentro la línea de su boca inquietante. Cuando era un recién nacido, se dormía meciéndose él solo, y los labios solían temblarle entonces. Y cuando lloraba, sus mejillas se ponían de un rojo de escaldadura.

Se dice que Lu Chih-mo es un hombre de confianza de la mujer de Mao. Hace unos años, todos los habitantes de Shanghai la conocían como actriz de segunda categoría y de virtud dudosa. Yo la vi una vez en una fiesta de la embajada francesa, vestida provocativamente, del brazo de un pequeño y ambicioso funcionario. Ahora cambia la vida de la gente como un decorado de teatro, eliminando a quien le place.

Sé que si Mao llevara a mi hijo a un acantilado y le ordenase que saltara, él se tiraría y se mataría como un tonto. La verdad es que muchos miles se han suicidado. Se han tirado de edificios o se han ahorcado al presentarse la Guardia Roja. En lugar de cien flores abiertas, tenemos diez mil cadáveres ensangrentados, diez mil caras con las cuencas vacías.

El objetivo personal de Lu Chih-mo es destruir las flores ornamentales, que le parecen una detestable preocupación burguesa. Me han dicho que en los hermosos jardines de Shanghai ya sólo queda tierra y barro.

Me han dicho que utilice el nombre de mi hijo para salir de la prisión. Pero ¿qué sería de él si se supiera que su madre era una traidora? ¿Tendría que dispararme para demostrar su lealtad a la Revolución?

Aquí en la celda vivo en mi cuerpo con más familiaridad que antes. Antes mi cuerpo existía fuera de mí, como un vestido viejo en el armario. Ahora cada molestia conlleva reconocimiento y solidaridad.

Me gusta fingir que Dauphine sigue bailando conmigo uno de sus boleros cubanos. Huelo la gardenia que me pone en la oreja, siento su aliento en mi cuello. Canto la letra mientras ella se ríe de mi torpe pronunciación:

> *Fui la ilusión de tu vida*
> *un día lejano ya.*
> *Hoy represento el pasado,*
> *no me puedo conformar.*

Mi padre ya debe de estar muerto. En la última foto que nos envió, lleva una camisa de color crema y un loro en el hombro. Padre decía que el loro se llamaba Melocotón de Jade y que era capaz de silbar veintiséis melodías cubanas. También por eso estoy en prisión. Porque mi padre era extranjero.

Me he enterado de que en Cuba todo ha cambiado desde su época, que su país está experimentando una locura parecida a la de éste. Porque ¿de qué otra manera se puede llamar al sometimiento de millones a la voluntad de unos pocos?

Escuchadme. Soy vieja y muy débil pero quiero volver a vivir en el mundo.

He aquí mi plan. Si sobrevivo, iré a Cuba en busca de mi familia. Hay una calle llamada Zanja en la parte este de La Habana, donde viven los chinos. Seguro que alguno habrá oído hablar de mi padre, Lorenzo Chen, el gran herbolario. Debo aprender por mi cuenta el español. ¿Quién sabe si mi familia cubana sabe hablar chino?

Cuando llegue, buscaré un balcón con vistas al mar y veré a los murciélagos atravesar la ciudad al oscurecer (mi padre lo mencionó en sus cartas). Me fumaré un puro cubano (son famosos incluso en China), quizá dos. Vendrán las lluvias, salpicando la ciudad, rellenando el mar. Sólo entonces entraré y escribiré a mi hijo de Shanghai.

La inmortalidad

La Habana
(1917)

Cuando llovía, las gotas tamborileaban en las anchas hojas de los bananos. Chen Pan creía que era cruel vivir tanto tiempo, castigado por un cuerpo achacoso y una memoria excepcional. Solía pensar que el olvido era el enemigo, pero ahora el olvido le parecía la verdad más elevada. Arturo Fu Fon, que era tan viejo como Chen Pan y ya no cortaba el pelo, solía decir:

—¡Chen Pan, busca la inmortalidad en la bebida! —Y levantaba el vaso para brindar—: ¡Ahoguemos el dolor de cien siglos!

Y Chen Pan bebía entonces. Vino tinto. Un dulce «rioja» cubano. Nunca probaba los españoles. Después de lo que le habían hecho a Cuba, no.

Era el tercer viernes de agosto y hacía mucho calor. Chen Pan estaba sentado delante de su tienda de antigüedades con una túnica de mangas anchas y pantalones holgados. Su cabello era fino y blanco y lo llevaba recogido en una coleta. El sol había despejado la niebla matutina y las copas de las palmeras parecían oxidadas bajo el calor. Un negro, todo huesos y pellejo, barría la acera con una larga escoba hecha con una rama de árbol.

Chen Pan se había despertado otra vez con diarrea matutina. Lorenzo repetía que Chen Pan sufría de insuficiencia del *ch'i* del bazo, que había demasiada humedad dentro de él. Por eso le escocían las encías, se le hinchaba el abdomen y tenía venas varicosas en las piernas. Chen Pan se ajustó

las gafas compradas hacía poco. Lorenzo también había insistido en aquello. Eran una molestia, pero al menos definían
los bordes de las cosas.

La pared delantera de El Hallazgo Afortunado estaba
recién pintada y el rótulo pintado de rojo en español y en
chino. Pero Chen Pan no se engañaba. Sabía que ya no era
tan importante en el Barrio Chino. Hombres más jóvenes
y fuertes le habían superado, consiguiendo lo que era impensable cuando él había llegado a Cuba, sesenta años antes.
Ahora los chinos poseían hoteles y restaurantes en varias
ciudades, lavanderías y cadenas de panaderías que llegaban de un extremo a otro de la isla. El año anterior, tres chinos habían comprado un molino de azúcar en Matanzas y
doblado rápidamente su producción. Para Chen Pan, saber
que había un molino en manos chinas había sido más gratificante que ningún otro triunfo.

Los otros comerciantes de la calle Zanja estaban demasiado ocupados para ir a visitarlo. Iban ansiosamente de
un lado para otro, persiguiendo riquezas y distinciones artificiales, como el mismo Chen Pan cuando era joven. Esta
sabiduría llegaba demasiado tarde; con qué rapidez parpadeaban y desaparecían los días. El sol destelló en la navaja de Chen Pan, un regalo de su nieto Meng. Tenía tres hojas
y un pequeño sacacorchos, tijeras, lima de uñas y un aparato de aspecto extraño que en teoría era para limpiarse
los oídos.

Chen Pan estaba convencido de que el aire de La Habana se estaba enrareciendo. ¿Cómo, si no, podía oír sólo zumbidos de avispas, como si el aire ahogara todas las perturbaciones? A veces apenas oía su propia voz recitando los
poemas de su padre. *Amarra el sol con una larga cuerda para
que la juventud no se vaya nunca.* A Chen Pan le parecía
extraño que todavía pudiera recordar aquel verso y sin
embargo hubiera olvidado el rostro de su padre, o la postura de sus manos cuando sostenía un libro.

¿Y quién iba a recordarlo a él al cabo de cincuenta años? ¿Qué sentido tenía soportar la vida, levantándola como una gran campana, para verla al final estrellarse contra el suelo? Todo lo que ahora importaba, se dijo Chen Pan, todo lo que parecía serio e importante, se desvanecería mañana. ¿No había fin para aquel absurdo?

En la barbería, los comerciantes más jóvenes se divertían imaginando cómo sería el mundo cien años después de su muerte. Hablaban de hombres volando a la luna en globos enormes, de reproducirse sin mujeres (¡aunque todos pusieron objeciones a esto último!), de alimentarse tomando vitaminas en lugar de arroz. Chen Pan los escuchaba con desconcierto. ¿Cómo podían imaginar la muerte a esa edad? Era obvio que se consideraban *ch'ien-li-ma*, caballos de mil leguas, capaces de cabalgar eternamente, sin descanso.

Los detalles de la vida podían cambiar, les decía Chen Pan, pero la esencia seguiría siendo la misma: grandes períodos de desgracia interrumpidos por alegría intermitente y el miedo a la muerte.

—Viejo amargado —se burlaban los jóvenes—. Tú perteneces a China.

Arturo Fu Fon, que había permanecido soltero toda su vida y nunca (que nadie supiera) había engendrado un hijo, decía que la clave de una buena vida era no desear más de lo que se podía utilizar. Sólo esto, sostenía, aseguraba la satisfacción. Chen Pan no había oído una fórmula mejor en su vida.

Nueve años antes, Arturo Fu Fon había vuelto a China. Había gastado un buen montón de dinero y viajado durante meses, pero al llegar a su aldea se había declarado una epidemia de disentería y toda su familia había muerto. Arturo Fu Fon se había vaciado los bolsillos y había comprado velas e incienso para los difuntos. Luego había subido al primer barco que salía para Cuba.

Otros amigos de Chen Pan habían vuelto a China con el correr de los años. Cogían el transportador de Nueva Or-

leans, luego recorrían en tren kilómetros y más kilómetros
de polvorientas llanuras hasta que llegaban a la costa occidental de Estados Unidos, donde embarcaban y cruzaban el
Pacífico. Era un viaje caro, pero Chen Pan habría podido per-
mitírselo. Lorenzo había prometido acompañarlo si alguna
vez se decidía a ir. Pero ¿adónde iba a ir? ¿A quién iba a visitar? ¿Por qué viajar tan lejos si sólo iba a arañar un poco
una tierra largo tiempo abandonada?

Exceptuando a Arturo Fu Fon, los que habían vuelto a
sus aldeas se habían jactado de tener tres o cuatro esposas
y veinte hijos o más. «¡Cuantas más vacas, más rico es el
hombre!». Chen Pan sabía que aquellos hombres lo tenían
por tonto, enamorado todavía de una mujer muerta.

—No puedes calentarte con las cenizas —le reprendían.

Todos esperaban que Chen Pan tuviera más mujeres,
muchos hijos. Que un hombre pudiera satisfacer a una mujer
joven, que siguiera engendrando hijos, demostraba fuerza. Era una desgracia envejecer solo.

Sus amigos se burlaban de él, comparándolo con las vene-
rables viudas de China, que hacían milagros con su virtud.
(Volvían a contar la historia de la viuda de G***, que se cortó las orejas para salvar su honor y fue recompensada por
el Cielo. ¡Las orejas volvieron a crecerle en la siguiente tormenta!) ¿Acaso Chen Pan, le recriminaban, esperaba obrar
milagros en La Hábana con su celibato sin precedentes?

Pero Chen Pan pensaba que los tontos eran ellos.
¿Creían que sus esposas jóvenes no se daban cuenta de su
pelo ralo y sus caras deshidratadas? ¿Iba a contentarse la
muerte con aquella confusión y aquel ruido? Chen Pan sospechaba que todos estaban hartos de sus mujeres, de sus
casas y de sus hijos, y habrían preferido estar solos. Entonces ¿por qué querían que compartiera su destino?

Chen Pan sacó del bolsillo lo que quedaba del salto de
cama azul celeste que había sido de su mujer. Estaba hecho
jirones, el cuello desgarrado, pero se rodeó la muñeca con él.

Durante diez años había conservado el olor original de Lucrecia, un olor a pipermín y sal marina, antes de enmohecerse con viejas lágrimas. Era cierto que su amor por Lucrecia había ido creciendo con el paso de los años. Chen Pan era el primer desconcertado por aquella duración. Alguien había dicho: «Mientras haya una sola persona en el mundo que me conozca, no sufriré.» Entonces, ¿por qué estaba tan pesaroso?

Chen Pan imaginaba que subía a un pequeño bote azul y se iba navegando más allá del horizonte, más allá del sol que se elevaba lentamente, donde sabía que descansaba el espíritu de Lucrecia. En marzo del año anterior había comprado un revólver y le sacaba brillo todos los días. No sabía si seguir vivo o pegarse un tiro. A veces giraba el revólver sobre la mesilla de noche o sobre el mostrador de la tienda, esperando que se detuviera y lo apuntara con el cañón. No ocurrió ninguna vez.

En cualquier caso, ¿qué significaba morir? ¿Y si no había ni una pizca de verdad en todo lo que había aprendido? Después de todo, ¿quién había vuelto del más allá para informar a los vivos?

A Chen Pan le maravillaba el optimismo de los demás ante la muerte. Su manía de pegar billetes de banco por todas partes. O de enterrar a los suyos en tres ataúdes, uno dentro del otro. O de insertar trozos de jade con mercurio en los orificios de los fallecidos, para retrasar su descomposición. ¿Y si la muerte no era más que eso, el *ka-pling* de una cadena rota? Cada vez que lo pensaba, se sentía como si cada cabello de su cabeza estuviera ardiendo.

Hacía poco, los jóvenes comerciantes de la calle Zanja lo habían convencido de que posara para hacerse un retrato. Querían cuadros de todos los veteranos, para el nuevo edificio de la asociación. Chen Pan había encontrado agotador lo de estar inmóvil. ¿Por qué querían inmortalizarlo ahora, arrugado como estaba, con la cara como caña de azúcar masticada? ¿Por qué plasmar sus miembros marchitos en seda?

—¡Deberíais guardar vuestras bonitas pinturas para las jóvenes bellezas del Barrio Chino! —les había replicado.

Todos los días se enteraba de que este o aquel había muerto, de que otro había perdido la capacidad de hablar. Todos sus mejores amigos, excepto Arturo Fu Fon, habían pasado a la tierra de los fantasmas. Unos cuantos habían sufrido muchísimo tiempo con tumores como cocos en el estómago; piernas cortadas por el exceso de azúcar en la sangre. Había un sonido triste y chirriante en todas sus despedidas. El mes anterior, Fausto Wong había muerto con noventa y tres años, después de comerse cincuenta y seis *dumplings* de una sentada.

Chen Pan sólo recuperaba el buen humor cuando su nieto más joven lo visitaba. El pequeño Pipo ya tenía cinco años y era exactamente igual que su padre. Calzaba botines de dos colores, con botones a un lado, y sus camisas eran de un amarillo ansarino. Aunque era cierto que Chen Pan ensordecía un poco cada día, la cara de su nieto, musicalmente animada, compensaba con creces la pérdida.

Le gustaba entretener a Pipo con anécdotas de Lu Yang, el guerrero que había separado la noche del día amenazando al sol con su lanza. O del incorregible Rey Mono, que había robado melocotones de la cueva sagrada de los Inmortales y se los había comido.

—Lo más importante de la vida es vivir cada día bien —dijo a su nieto, que levantó los confusos ojos hacia él—. Al final tendrás una pauta. Y esa pauta te dirá más que nada que puedas recordar.

Casi todos los días se instalaba con Pipo en la mecedora para echar una siesta en la puerta de la tienda. Qué dulce era sentir la regordeta mejilla del nieto contra su pecho.

Al final de la mañana, los vendedores ambulantes competían animadamente por los clientes. Chen Pan vio a un *guajiro* cojo ofreciendo a gritos un cerdo vivo que cargaba sobre los hombros. Un granjero andrajoso llevaba sus cabras de puerta en puerta, ordeñándolas delante del cliente. ¿Cuánto tiempo, se preguntó Chen Pan, seguirían existiendo sus mundos?

Poco antes del mediodía llegó Lorenzo con su túnica amarilla de médico. Llevaba en el hombro el loro de la familia. Toda La Habana conocía a Lorenzo, y otras ciudades también. Cuando los cubanos decían en los casos desesperados que «*No lo salva ni el médico chino*», se referían a él. Tres años antes, Chen Pan se había roto el tobillo persiguiendo a un carterista. Su hijo le había cubierto el pie con *bai yao* y lo había envuelto expertamente con franela. Poco tiempo después habría podido dar taconazos militares en la calle.

En mayo, Chen Pan había acompañado a Lorenzo y a Pipo a Sagua la Grande. Lorenzo se había hecho famoso por una poción que restauraba la virginidad de las mujeres y por todas partes solicitaban sus servicios. Lorenzo había preparado la fórmula con unas hierbas que había recogido en los pantanos de la península de Zapata. Las pacientes tenían que ponerse bajo la lengua una cucharadita de aquel polvillo verdiazul, camuflado en frascos etiquetados como «VITAMINA X», durante la semana anterior a los esponsales. Milagrosamente, después había sábana manchada de sangre. Lorenzo contó que las muchachas descarriadas de la buena sociedad y sus parientes le pagaban muy bien por salvar a las familias del escándalo.

Chen Pan había llevado al pequeño Pipo a la calle Tacón, en el barrio chino de Sagua la Grande, que bullía de tiendas que vendían incienso, títeres, petardos y unos dulces de cacahuete y miel que le gustaban mucho. Había comprado una bolsa de dulces para compartirlos con Pipo y juntos vieron a los magos cantoneses en la calle. Oyó a un criollo comentar las habilidades hipnotizadoras de los orientales. «Es parte de su religión, más peligrosa que el vudú de los haitianos. Si los miras fijamente a los ojos, estás condenado.»

Chen Pan sabía que muchos clientes de su hijo también acudían a él por las debilidades de la carne. Lorenzo se quejaba de que todos aquellos hombres querían tenerla dura, como soldados saludando, durante horas. ¿Qué podía hacer sino conseguir los ingredientes esenciales? Cadáver de asno salvaje. Pene deshidratado de foca y león marino (que él machacaba y convertía en polvos para la potencia). Punta de rabo de mono de manchas rojas. Lorenzo completaba todo aquello con un elixir derivado de la yagruma, que estimulaba la circulación.

—Veamos tu zona media —decía Lorenzo, inclinándose.

Chen Pan se levantaba la camisa y se sometía a un rápido reconocimiento. Se preguntaba si aún podría complacer a una mujer como había complacido a Lucrecia, complacerla tan bien que ella lo amase día y noche.

—La historia es como el cuerpo humano —decía Lorenzo, palpando el estómago de Chen Pan—, exceso de calor o de frío, o putrefacción a causa del estancamiento.

Le habló de una raíz de la longevidad llamada *heshouwu*, que podía mantener a un hombre vivo hasta los ciento treinta años o más.

—¡No se te ocurra echarme nada así en el té! —dijo Chen Pan. Tenía ochenta años. Su mayor temor era convertirse en piedra de puro viejo. ¿Podía confiar en que su hijo no utilizaría ningún potingue para alargarle la vida?

—No te preocupes, papi —dijo Lorenzo riendo—. ¡Eres la persona que menos lo necesita! ¡Estaba pensando en tomármelo yo!

A la una en punto llegó la nuera de Chen Pan al Hallazgo Afortunado, con sopa de maíz dulce y una olla de pescado y verduras. Chen Pan la llamaba *bing xin*, corazón puro, y agradecía sus visitas. Todo olía y sabía a China alrededor de Jinying. El mes siguiente prepararía medialunas para la festividad del otoño y ofrecería a sus antepasados bocados escogidos de carne para ganar su favor durante el invierno que se avecinaba. Chen Pan recordaba que Lucrecia había aprendido a prepararle medialunas como aquéllas. Lo había intentado todo para complacer su lado chino, hasta que, lentamente, ella misma se había vuelto china.

Chen Pan volvió a la puerta de la tienda para leer el periódico chino. Con los años había seguido las noticias sobre la rebelión de los bóxer y del prolongado declive de la dinastía Manchú. Primero había sido presidente Sun Yat-sen, luego lo había reemplazado Yüan Shi-kai. Ahora los caudillos militares volvían a gobernar China. Reinaban el caos y la violencia, exactamente igual que cuando él era niño.

Después de tantos años en Cuba, Chen Pan había olvidado gran parte de su conocimiento del chino. Introducía en la conversación palabras de aquí y de allá hasta que acabó hablando en un idioma mixto. Sólo quedaban unas pocas personas en La Habana con las que podía hablar sin problemas. Hacía mucho tiempo había vivido en China, conocido todos sus usos y costumbres. ¡Qué inútiles habían sido fuera de la geografía que les era propia! Aun así, le resultaba más fácil ser cubano que volver a ser chino.

Aquel día se concentró en las noticias internacionales. Había una revolución en Rusia y una guerra entre Alemania y la mayor parte del mundo. China había enviado soldados al Frente Occidental para que cavaran trincheras, enterraran cadáveres e hicieran el trabajo que nadie quería hacer. La guerra había puesto por las nubes el precio del azúcar cubano. Siempre había algún provecho que sacar en tiempos de dolor. Chen Pan lo sabía mejor que la mayoría. Su negocio iba viento en popa cuando había alguna catástrofe.

Hacía poco el presidente Menocal había aprobado una ley que permitía la entrada de más inmigrantes chinos durante la guerra y hasta dos años después del conflicto. A la isla llegaban barcos enteros de *chinos* para trabajar otra vez en los campos de caña. Lorenzo enviaba a Meng al puerto todas las mañana para que repartiera hojas donde se anunciaban sus servicios de herbolario.

Chen Pan sabía que volvería a verse con malos ojos la llegada de más chinos a Cuba, que sólo era cuestión de tiempo. En períodos de necesidad económica solían ser la carne de cañón. Aquello enfurecía a Chen Pan, porque miles de chinos habían derramado su sangre por la independencia del país. Durante la guerra de los Diez Años habían empuñado el machete para luchar con Calixto García, con Napoleón Arango, con todos los grandes capitanes.

Además, habían combatido durante muchos años, no como aquellos criollos que se alistaban cuando se comunicaba una victoria y desaparecían cuando las bajas empezaban a crecer. En todos los frentes de las provincias orientales había habido chinos combatiendo: en Las Villas, en Quemados de Güines, en Sierra Morena, en San Juan de Remedios, en Camajuaní. Cuando los hacían prisioneros, fingían no saber español y ni uno solo se rindió ni traicionó la causa cubana.

Cuando Chen Pan llevó los cincuenta machetes al comandante Sian, en 1868, el campo de batalla estaba sembrado de miembros desgarrados, cabezas cortadas y caballos españoles reventados. Chen Pan había ayudado a recoger el botín de los cadáveres: espadas, mosquetes, botas y multitud de trompetas. En el cielo revoloteaban los buitres pacientemente, esperando su turno.

Poco después se habían presentado los del pueblo, para bailar con los rebeldes y soplar las cornetas robadas a los españoles. Habían asado un cerdo al pie de los árboles chamuscados y bebido un aguardiente local que quemaba la garganta. Un antiguo esclavo los había entretenido con parodias de los rebeldes. Contó un chiste sobre un ayudante de cocina chino que servía a los soldados pollos recién asados después de cada escaramuza.

—¿Cómo puedes encontrar tantos pollos en el bosque? —le había preguntado un soldado.

—¿Tú *quiele* pollo? —le había contestado el cocinero chino—. Mata capitán *pañol*.

Aquella noche, Chen Pan había cogido la borrachera más fuerte de su vida. Cuando se le pasó, los cielos estaban tan llenos de estrellas que estiró el brazo para intentar atrapar un puñado.

Chen Pan vio una palmera real pintada de color bronce por el sol poniente. Entre las casas en ruinas había ropa tendida ondeando al viento. Un pequinés acicalado con un enorme cuello de payaso avanzaba por la calle olisqueando el suelo. Pasó volando una libélula, en pos de su mundo de gasa. Ver algo por primera vez, pensó Chen Pan, era mejor que conocerlo.

A aquella hora veía con más claridad sus errores, los días que había malgastado en objetivos vacíos. Ojalá Lucrecia hubiera vivido más tiempo. Sin una mujer, el *yang* gobernaba la sangre del hombre. La vida se convertía en un caballo sin riendas. Había que equilibrar la fuerza con la debilidad. ¿Cómo, si no, podía haber estabilidad?

Para olvidar sus penas iba a las peleas de gallos con Arturo Fu Fon. Preferían el patio que había en los alrededores del transbordador de Regla. Todos, negros, chinos y criollos, se reunían allí para presenciar las mejores peleas de la ciudad.

—¡Mata! ¡Mata! —gritaban hasta que en el foso estallaba la violencia. Después de las peleas, los domadores escupían ron en la cabeza de los vencedores y soplaban alumbre en sus ojos para detener la hemorragia.

Chen Pan deseaba ir a aquel patio todos los días, pero no era fácil organizarlo. A Arturo Fu Fon le daba últimamente por quedarse dormido de manera inesperada, a veces en medio de una frase. Estaba hablando o sonriendo con aquella boca desdentada y, cuando te dabas cuenta, estaba roncando ruidosamente. Y por una razón que Chen Pan era incapaz de comprender, Arturo Fu Fon había adquirido la costumbre de cubrirse la cara con las manos, como una mujer, como si se avergonzara de su interlocutor.

Chen Pan subió al primer piso del Hallazgo Afortunado y se sirvió un vaso de vino. Observó la caída de la noche sobre La Habana y se preguntó si sería posible que sucediera algo nuevo. La ciudad conspiraba para entristecerlo con sus repeticiones cotidianas. El cañonazo de las nueve en punto. Las campanas de la iglesia tocando cada cuarto de hora. Los serenos gritando la hora y el estado del tiempo.

Mientras los murciélagos revoloteaban sobre los techos, Chen Pan recordó las grullas que anidaban en los aleros de la casa de su tía abuela, las cebolletas de primavera que la anciana cortaba bajo la lluvia nocturna, los lotos del río que se desprendían de sus hojas para que pudieran brotar otras flores. ¿Cómo explicar aquel repentino anhelo por su país de origen? ¿O que su corazón gritase como un pájaro en su última luna?

Chen Pan sabía ya la longitud exacta de cada oscuridad. Unas veces se lavaba la cara de madrugada, hasta que la piel se le quedaba translúcida. Otras veces no se lavaba de ninguna manera. Aquella noche la luna parecía encogida al máximo, como un monje que ayuna. En China se decía que en la luna vivía un conejo, al pie de un canelo, que preparaba ungüento de inmortalidad.

El aire estaba demasiado caliente y cerrado en su habitación. Abrió la ventana y vio pasar un búho como un rayo, reflejando los últimos momentos del día. La vieja glicinia tiritaba en las ramas. Ojalá pudiera volar con el búho, planear sobre los tejados, dormir con una nube por almohada.

Chen Pan se sirvió más rioja. Recordó su época de fugitivo en la selva, los largos meses que su madre lo había estado zahiriendo, llamándolo a su vacío eterno. ¿Quién podía andar ahora por Cuba como había hecho él? ¿Quién podía esconderse durante trescientos días, evitando a hombres y espíritus, sin otro medio de subsistencia que los recuerdos y sus cinco sentidos?

Todos los árboles de la isla se habían talado, toda la tierra se había allanado y preparado para plantar más caña de azúcar. Adiós a los pinos, pensaba Chen Pan, adiós a la caoba, a los cedros, a los añiles (con los que se había confeccionado los mejores y más afilados cuchillos). Adiós a los tocororos que hipaban en las copas. Adiós. Adiós a todo. La isla que había conocido ya no existía. Si pudiera empezar de nuevo, ¿volvería a embarcar hacia Cuba?

Se sirvió otra copa de vino. Un par más y se sentiría mareado. Quizá soñara otra vez con las grullas, nieve blanca que surcaba el cielo. O con el papel blanco pegado en su puerta que anunciaría que ya estaba muerto. O con las cortinas fúnebres agitándose en la tormenta. O con los gemidos monocordes de sus vecinos. En el sueño gritaba, con ojos fijos como de pecado muerto: «¡Quiero vivir un poco más, amigos míos!»

Veía los días que le quedaban como si fueran hojas de otoño. El pasado, el presente: ¿en qué momento terminar? Todo se había desvanecido en la brisa. Sí, un hombre vivía menos de cien años, pero albergaba preocupaciones para llenar un milenio. Chen Pan tomó un largo trago de rioja. Le parecía que toda su vida había estado esperando aquel vaso en concreto. Pronto, pensó, los gallos anunciaría el nuevo día con sus gritos de combate. Pero su amigo no le había mentido. Cuando Chen Pan bebió el vino, sonrió y se convirtió en inmortal.

Agradecimientos

Deseo dar las gracias a mis amigos y generosos lectores Scott Brown, Wendy Calloway, Mona Simpson, José Garriga, Eric Wilson y George de Lama. Un agradecimiento especial para Philip Caputo, Hanh Hoang, Evelyn Hu-DeHart y Kenyon Chan por sus excelentes sugerencias. Y finalmente, mil besitos a mi hija Pilar, por su humor y dulce paciencia, y a mis ahijadas Caridad y Grace.

Este libro se imprimió en
A&M Gràfic, S. L.
Santa Perpètua de Mogoda
(Barcelona)